D1998365

Alles Liebe!
Alfred [illegible]
[illegible], am 12. April 2011

Alfred Ziermayr

Drei Fotos

Satiren und Kurzgeschichten

Weitere Titel von Alfred Ziermayr:

Dunkeltintenschwarze Geschichten
Jeder ist verdächtig

Über den Autor:

Alfred Ziermayr wurde 1963 in Steinbach geboren. Er absolvierte eine Lehre als Elektriker und arbeitete später in verschiedenen Berufen. Heute lebt er mit seiner Frau und seinen drei Kindern in Gschwandt bei Gmunden.
Alfred Ziermayr ist Intendant der Literaturtage Gmunden. 2010 wurde er mit dem Literaturpreis AKUT ausgezeichnet.

Alfred Ziermayr

Drei Fotos

Satiren und Kurzgeschichten

feder frei
www.federfrei.at

© Verlag Federfrei
Marchtrenk, 2010
www.federfrei.at

Umschlagabbildung: © Vidady, Fotolia
Lektorat: Verlag Federfrei
Satz und Layout: Verlag Federfrei
Printed in Austria

ISBN 978-3-902784-03-2

In Erinnerung an meinen Freund Roland.

Ich liebe Schweine (...)
nur Schweine
behandeln uns als ihresgleichen.
(Winston Churchill..., Sir!)

Satiren

Der Kuss

Küss mich, ja, küss mich! Küss mich voller Leidenschaft, küss mich fordernd und voll Begierde, küss mich stürmisch, ungestüm und wild, küss mich, wie die Liebste ihren Liebsten küsst, so zart, so sinnlich, und voll Gefühl.

Küss mich wie die Kupplerin ihre Dirne heißt zu küssen, verschämt und züchtig, und berechnend und neckisch und kokett.

Wie der Orkan die Meere geißelt, so grausam und entfesselt und brutal, so küsse mich, oder so wie die Julia den Romeo küsst, so tu auch du, so voll von bittrer Ahnung, und doch erfüllt von kindlichem Vertrauen.

Küsse mich wie's jene tun, die in Flammen stehn, entfesselt, gierig, roh und ungestüm, oder auch wie Turtelnde kindisch, infantil, taxierend und verspielt, oder wie eine Mutter ihren Sohn beküsst, der aus Elend, Dreck und Tod und Granatenfeuer wiederkehrt.

Wenn' s sein muss, dann drück 'nen Judaskuss mir auf die furche Stirn, nur küsse mich, küss mich inniglich und voller Leidenschaft, jag alle Hemmungen zum Teufel, und den Moralisten drück die Gurgel zu. Pfeif auf Konventionen, auf die erhobnen Zeigefinger einer satten Bourgeois und den falschen Fufzgern, den Pharisäern, und den Heuchlern, stopfe das bigotte Maul.

Küss mich, und ich bin dein, überschreib dir meine Seel' grundbücherlich, und besiegl es mit Blut. Bin dein Gefolgsmann, bin dein Schwert, bin dein giftger Pfeil, sogar dein meuchlerisch Gesandter, wenn du es verlangst.

Verfüg über mich, gebiete über mich, vereinnahme mich – dein Diener will ich sein! Nur küsse mich ... küss mich holde Muße.

Ein Abend mit A.

Träumen Sie nicht auch manchmal von einem Abend, einer Nacht, mit einem, oder einer jener, die uns allenthalben aus diversen Hochglanzmagazinen, von Plakaten, oder aus dem Fernsehen entgegenlächeln!?

Geben Sie es ruhig zu, leugnen ist zwecklos, machen Sie sich nicht erhabener, als Sie sind. Jeder, der so souverän vorgibt, über den Dingen zu stehen, steht für gewöhnlich genau darunter. Ist doch menschlich, nicht? Welcher potente Bursche träumt nicht von einer Nacht mit Pamela Anderson, welche frustrierte Ehefrau nicht von einer heißen Affäre mit 007. Welcher reifere Jahrgang ließe sich nicht gerne von Humphrey Bogart in die schmachtenden Augen schaun, oder, andererseits, würde sich nicht gern von Marilyn »Kiss me Tiger« ins Ohr hauchen lassen? Ist so, machen wir uns nichts vor: Die sternengleiche Unerreichbarkeit dieser Objekte der Begierde macht sie für uns nur noch attraktiver. Meine Frau zum Beispiel ... Also, wenn die nur den Namen Brad P... ! Stört mich nicht. Brad P. ist weit weg, die Wahrscheinlichkeit, dass die beiden einander über den Weg laufen ist geringer als ein meinerseitiger Besuch auf dem Mond. Außerdem – ich habe selbst eine Amour-Illusion – mit A. Wenn sie auf der Matsche erscheint, schmelze ich schneller wie Pulverschnee im Hochofen. Ihre Eleganz, ihr energisches Auftreten, der selbstbewusst schwingende Gang, der verschmitzte, herausfordernde Blick, ihr Teint eines Café Creme, die wie Zinnsoldaten in Reih und Glied stehenden Perlmuttzähne. Von einer Sekunde auf die andere bin ich wie elektrisiert.

Ein Dinner for two mit ihr bei Kerzenlicht und Champagner, und anschließendem, na, Sie wissen schon! – alleine der Gedanke lässt mir das Blut in den Ohren rauschen und mein Herz Kapriolen schlagen wie einst den Hofnarren im Schloss Sanssouci! Schön ... ja ... hm ...

Aber, mal ehrlich, ist die Verpackung nicht so gut wie immer attraktiver als der Inhalt? Denken Sie mal darüber nach, zum Beispiel an das eine oder andere Geschenk, das Sie erhielten? Raffiniert verpackt, hier ein Glöckchen, da ein Löckchen, Glitter, Glatter, ein Diadem, kommt es Ihnen in den Sinn, eine Rolex. Atemlos zerren Sie an dem güldenen Band, mit zittrigen Fingern reißen Sie am funkelnden Papier des Päckchens, was ist drinnen? Ein Kartoffelschäler! Ein Nasenhaarentferner! Ein Hornhautschaber! Sehen Sie? Da hat es Sie wieder, das Leben! Das Praktische, das Schnöde, das wunderbare Leben! Schein und Sein. Knall und Fall. Ernüchterung.

Selten hält die Realität unserer überspannten Erwartungshaltung stand und bei den meisten Päckchen wäre es vermutlich vernünftiger sie ungeöffnet zu lassen, um sich auch weiterhin uneingeschränkt an deren reizvollen Verpackung zu erfreuen.

Das Abo

Wissen Sie, mein Mann, mein Franz, ist ja so ein herzensguter Kerl. Er tut einfach alles für mich, er liest mir jeden Wunsch von den Lippen ab, trägt mich auf seinen starken, verlässlichen Armen, bis in den siebten Himmel, ja. Ich brauche nur mit dem Finger zu schnippen, schon kommt er angedackelt mit seinem treuherzig-fragendem Blick, ach, er ist so ein Lieber, immer hilfsbereit, immer besorgt um mich, immer zur Stelle wenn man ihn braucht. Denken Sie, sogar im Haushalt packt er mit an. Ja! Wäscht ab, räumt auf, kocht, putzt, bügelt sogar – und das alles neben seiner anstrengenden Arbeit auf dem Amt, wo gibt's denn so was, hm?! Ja, mein Franz. Mein Franz, der kann`s!

Wenn ich da nur an andere Männer denke. Ha! Den lieben langen Tag im Wirtshaus rumsitzen, Zigaretten rauchen, ein Bier nach dem anderen in ihren dicken Wanst reinschütten und das Geld zum Fenster rausschmeißen. Das einzige, was die interessiert, ist Fußball und zugucken, wie ein paar PS-Junkies mit drei Hundert Sachen im Kreis fahren.

So was gibt es bei meinem Franz nicht, nein, der trinkt am liebsten einen Apfelsaft mit lauwarmen Wasser gespritzt, hin und wieder vielleicht ein Gläschen Weißwein oder ein alkoholarmes Bier zu Sylvester oder so, zum Anstoßen, ja, mehr nicht. Und ins Wirtshaus, ins Wirtshaus geht mein Franz sowieso nicht, der bleibt lieber zu Hause und spielt eine Runde Halma mit mir, oder Domino, oder wir sehen uns gemeinsam »Universum« an, das ist ja so interessant! Ja, mein Franz ist wirklich eine Seele von einem Mann, und ein absoluter Familienmensch ... Wenn ich nur daran denke, was wir früher alles unternommen haben, als die Kinder noch klein waren: Wanderungen, Kinobesuche, Kasperltheater, Zirkus, gebastelt und gemalt hat er mit den Kindern, Verstecken gespielt, jeder Geburtstag wurde gefeiert, mit Kindersekt, mit Pizza und Torte, und natürlich hat er auch mit ihnen gelernt, die Hausübungen gemacht, und, und, und, und, und ...

»Du bist so ein wunderbarer, fürsorglicher Ehegatte, und so ein wunderbarer, fürsorglicher Familienvater, wie man sich keinen besseren wünschen kann«, hab ich zu meinem Mann gesagt, »aber, so kann es nicht weitergehen, so kann es nicht weitergehen. Ja, du kannst mich doch nicht täglich besteigen wollen, manchmal sogar mehrmals am Tag! Ich bin doch keine Maschine, die die, die man einschaltet und die ..., die, die auf Knopfdruck anspringt. Ich bin eine Frau, ja, eine Frau, ein menschliches Wesen aus Fleisch und Blut und kein Sex-Trieb-Befriedigungs-Objekt, jawohl, Sex-Trieb-Befriedigungs-Objekt«, hab ich zu ihm gesagt! Das war vor drei Monaten. Ach, wie bedrückt und kleinlaut er daraufhin war, mein lieber Franz, richtig verzweifelt war er – er hat mir ja so leid getan. Stundenlang haben wir anschließend geredet und beratschlagt, was wir unternehmen könnten, damit er seinem übermächtigen, alles beherrschenden Trieb Herr wird, denn natürlich hat er sofort verstanden, und auch eingesehen, dass es so nicht weitergehen kann – ich meine, verstehen Sie mich nicht falsch, aber jeden Tag?! Respekt vor meinem Franz, aber ich bin keine zwanzig mehr.

Angefangen haben wir mit kalten Duschen. Immer, wenn sich Franzens nimmersatter Untermieter in Pose warf – ab unters kalte Wasser. Resultat: enorm erhöhte Wasserabrechnung, ansonsten kaum eine Veränderung in den sexuellen Bedürfnissen meines Mannes, obwohl ich diese Maßnahme noch unterstützend koppelte, indem ich dem morgendlichen Kamillentee meines Gatten angeblich lusthemmendes Brom beimengte.

Als nächstes suchte ich eines dieser Geschäfte auf. Sie wissen schon, diese Art Geschäft, wo alle möglichen erotischen Stimulanzia zu bekommen sind.

Sie hieß Cynthia, war wasserstoffblond, 1,80 cm groß, vollbusig und aus hautfreundlichem, feinstem, exquisitestem Polyvinylchlorid. Wie mir die Verkäuferin versicherte, wurde Cynthia eigens für den Mann von gehobensten Ansprüchen konzipiert. »Sie sieht blendend aus, will immer, ist pflegeleicht und leicht transportabel, sodass sie auch bequem z.B. auf Geschäftsreisen oder auch auf einsamen Bergwanderungen mitgenommen werden kann, und, das Beste!, durch einen eingebauten Mechanismus fängt Cynthia bei zunehmender Erregung, seitens des sie verwöhnenden Liebhabers, lustvoll zu stöhnen an, was schließlich am Höhepunkt in einem gigantischen, koitiven Lustschrei kulminiert. Authentischer geht es nicht mehr«, sagte die Verkäuferin mit sehnsuchtsvollem Blick.

Ich kaufte Cynthia und machte sie am selben Abend mit meinem Mann bekannt. Anfangs war er ein bisschen skeptisch, und wohl auch ein wenig befangen. Daher zog ich mich, nachdem ich ihn mit der Bedienungsanleitung vertraut gemacht hatte, und ihn ermahnt hatte, lieb zu Cynthia zu sein, diskret zurück. »Damit ihr euch näher kommt und euch ein bisschen besser kennenlernt«, sagte ich und schloss die Türe hinter meinem Rücken.

Zu Beginn schien das ganze Unternehmen tatsächlich von Erfolg gekrönt. Schon mehrere Tage hatte mich mein Franz nicht mehr belangt, fast wurde ich ein bisschen eifersüchtig, doch plötzlich stand er da, schwer atmend, im Adamskostüm, völlig außer sich, völlig aufgelöst, »Cynthia ... Cynthia«, stammelte er immer wieder mit entsetztem, gebrochenem Blick. Da wusste ich, dass etwas Fürchterliches geschehen sein musste. Voller böser Vorahnungen hetzte ich ins Schlafzimmer. Mein Gott, da lag Cynthia auf dem zerwühlten Bett, völlig derangiert, die Haare standen wirr nach allen Seiten, die einst so blühenden Wangen waren eingefallen, ihr sinnlicher Mund glich einer Dörrzwetschke, die früher so stolzen, stets wie zum Gefecht bereiten Brüste hingen wie Feuerwehrschläuche seitlich an ihr herab, und am bizarrsten, aus ihrem Unterleib drang ein leiser, blubbernder Pfeifton, untrügliches Zeichen, dass sie in den letzten Zügen lag – Cynthia war buchstäblich die Luft ausgegangen. Arme, arme Cynthia. (Wir hatten uns so gut verstanden.)

Nacheinander konsultierten wir nun verschiedene Therapeuten und Spezialisten. Mein lieber, lustgeplagter Franz trat einer Selbsthilfegruppe bei, ließ sich hypnotisieren, akupunktieren, nahm lusthemmende Präparate zu sich, probierte es mit chinesischen Heilmethoden, indischen Mantras, übte sich in Selbstversenkung, machte mehrere Wallfahrten, ließ sich mit Weihwasser besprengen, absolvierte den Jakobsweg, ließ sich bei einem Büßerorden einschreiben – alles mit mäßigem, bis gar keinem Erfolg. Ich, wir waren verzweifelt, unsere Ehe war gefährdet, gefährdet durch das enorme Lustpotenzial meines Mannes. Aber wie so oft, wenn jeglicher Ausweg erschöpft scheint, offenbarte sich mir die Lösung des Problems in Form eines Zufalls, wenn es denn Zufälle überhaupt gibt. Ich stieß beim Blättern in einer Illustrierten auf eine hochinteressante Reportage, eine Reportage, die sich mit der Frage auseinandersetzte, welche Art von Männern in gewisse, gewisse Häuser gehen, in denen gewisse, na ja, Sie wissen schon, gewisse Dienste von gewissen Damen angeboten werden – und siehe da, auf einmal fiel es mir wie Schuppen von den Augen, und im Nachhinein wunderte ich mich, dass ich nicht gleich auf die naheliegendste aller Lösungen gekommen war.

Nun war keine Zeit mehr zu verlieren, denn Weihnachten war nicht mehr weit, und jetzt wusste ich auch, was ich meinem lieben Gatten schenken wollte. Zwei Jahre zuvor hatte er ein Abo für das Theater bekommen. Franz war begeistert! Diesmal würde es etwas ähnliches sein, nur sollte Franz diesmal nicht das Theater besuchen…

Nach dem Studium einschlägiger Branchenverzeichnisse vereinbarte ich ein Treffen mit dem Betreiber eines dieser Etablissements, das mir am seriösesten erschien. Ich klagte dem zuständigen Herren mein Leid, und er war sehr verständnisvoll und entgegenkommend, was die Vertragsbedingungen betraf. Laufzeit ein Jahr, Kündigungsfrist einen Monat vor Ablauf desselben, sonst automatische Fortsetzung, aber, am wichtigsten: Bei wöchentlich dreimaliger Inanspruchnahme der Damen dieses Etablissements die Gewährung eines Rabattes von zwanzig Prozent – da brauchte ich mir bei meinem Franz keine Sorgen zu machen!

Ich unterzeichnete den Vertrag, wir besiegelten mit Champagner.

Am 24. Dezember bekam ich von meinem Liebsten die schon lang ersehnten Ohrringe samt dazupassender Brosche. Aber nun raten Sie mal, was für meinen Franz unter dem Christbaum lag!

Philosophische Betrachtung

Jimmy ist ein fauler Sack! Verzeihung, die Wortwahl, aber, also, faul ist eigentlich noch untertrieben. Um ehrlich zu sein, ist mir in meinem ganzen Leben noch kein trägeres, antriebsloseres, ineffizienteres Wesen untergekommen.

Sie kennen doch Winston Churchill, nicht wahr?!, dieser füllige Brite, bekannt für seine originellen Sprüche – na ja, Premier war er auch, sogar zweimal, außerdem Literaturnobelpreisträger und angesehener Maler, Respekt! Aber das wissen Sie ja alles, also, was wollte ich sagen, ach ja, richtig, Winston Churchill, Verzeihung, Sir Winston Churchill war also bekannt für seine originellen Sprüche, zum Beispiel diesen: »Ich gehe nicht, wenn ich sitzen kann, und ich sitze nicht, wenn ich liegen kann.« Was sagt uns das? Nun, zum ersten, es bedarf anscheinend keiner allzu großen Kraftanstrengung politische Karriere zu machen, und nebenbei Literaturnobelpreisträger und Maler zu werden, was also gegenteilige

Behauptungen, vor allem von ersterer Berufsgruppe, klar widerlegt. Zweitens orte ich eine Seelenverwandtschaft zwischen Winston Churchill, Verzeihung, Sir Winston Churchill, und Jimmy, der diesem Spruch zu 100% Rechnung trägt. Allerdings liegen von demselben bislang keine Zitate ähnlicher Qualität vor, genaugenommen liegen überhaupt keine vor, selbst dazu scheint er zu träge zu sein.

Trotzdem, die Äußerung Winston ..., hm, Sir Winston Churchills rechtfertigt die Verhaltensweise Jimmys, dem zwar kaum eine politische Karriere bevorsteht, obwohl obiger Spruch ihn geradezu dafür prädestinieren würde, der aber die Vorliebe des Ex-Primeministers fürs Sitzen, vor allem aber fürs Liegen mehr als teilt. Man könnte wirklich sagen, seine einzige Motivation besteht darin, sich von der bequemen Couch im Wohnzimmer auf das Federkernsofa in die Stube und zurück zu schleppen, und der Ruhe zu frönen.

Und? Hat er nicht Recht, in gewisser Weise?!

Ich arbeite mir einen runter, und er liegt in der Sonne. Ich winde mich unter der Geißel meiner finanziellen Belastungen, er gähnt und blickt verschlafen in die Welt. Ich plage mich ab im Schweiße meines Angesichts, um einen fragwürdigen, von der Bank mit breitem Lächeln vorfinanzierten und durchaus gängigen Lebensstil aufrecht zu erhalten, opfere einen Gutteil meines gesunden Schlafes und bin aussichtsreicher Kandidat – nein, nicht für den Premier – sondern auf ein Magengeschwür, er streckt sich, und blickt mich aus grünen Augen ironisch und, wie mir scheint, etwas verständnislos an.

Ja, ja, ich weiß, Arbeit ehrt, stimmt auch, wahrscheinlich. Aber zielt unsere ganze Arbeits-Ideologie nicht letztendlich darauf ab, unsere zweifelhaft materiellen Ansprüche zu befriedigen? Neigen wir nicht dazu, uns zu Knechten unseres zumindest hinterfragenswerten Lebensstils zu machen, und reden wir uns nicht oft genug fast schon zwanghaft ein, Dinge besitzen zu müssen, die wir eigentlich gar nicht brauchen? Weil der Nachbar sie hat? Weil es uns die Werbung vorgaukelt? Um dazu zu gehören?

Jimmy braucht das alles nicht: Keine konkurrenz-opportune Markenkleidung, kein Auto mit Statussymbol, keinen Flachbildschirm, nicht jedes halbe Jahr einen noch leistungsstärkeren Computer, und was weiß ich nicht noch alles – viel zu viel Ballast! Er ist zufrieden, wenn er im Sommer draußen auf der Hausbank und im Winter drinnen auf der Ofenbank liegen statt sitzen kann – wie Churchill, und auch wenn er trotz dieser Seelenverwandtschaft und dieser besagt idealen Voraussetzungen für einen Premier, niemals in dessen Fußstapfen treten wird, wünsche ich mir trotzdem manchmal ich wäre Jimmy, unsere Hauskatze.

Der feine Unterschied

»Du Treulose! Ich weiß alles! Du hast mich betrogen. Was hast du zu deiner Rechtfertigung zu sagen? Nein, schweig Verruchte! Nie wieder werde ich deinen Worten Glauben schenken können. Mein Vertrauen in dich ist für immer erschüttert!

Wie konntest du mir das nur antun?! Noch dazu mit Max, einem meiner besten und ältesten Freunde? Hast du denn keinen Funken Ehrgefühl in deiner liderlichen Brust?

Immer habe ich dich auf Händen getragen, dir jeden Wunsch von den Lippen abgelesen, und so vergiltst du es mir, du Undankbare!

Rein, ja rein war meine Liebe zu dir. Immer ohne Fehl und Tadel, kein Gedanke, den ich an den Schoss einer anderen Frau verwendete! Unser Liebe, dachte ich, sei etwas Besonderes, etwas Edles, Erhabenes, ja Göttliches in dieser verkommenen Welt und dann dies! Du, die du das Licht, die Glut, die

Flamme meines Lebens warst, mit Max, meinem innigsten, liebsten Freund, meinem treuen Kameraden, meinem Seelenverwandten, meinem Bruder im Geiste!«

»Aber Ferdi, Max hat mich niemals angerührt!«

»Schweig, gewissenlose Verführerin! Es gibt eindeutige Beweise!«

»Aber Ferdi, ich schwöre bei allen Heiligen …«

»Gottlose! Jetzt lästerst du auch noch die Heiligen.«

»Wirklich, Ferdi, es war nicht Max, es war …. Theo!«

»Was! Theo? Nicht Max? Na, das ist etwas anderes.«

Der Anruf

Ich weiß es ganz genau, eines Tages wird er kommen, jawohl, er wird kommen, da bin ich ganz sicher, hundertprozentig, kein Zweifel, er wird kommen, und wird meine grenzenlose Sehnsucht stillen, endlich, er wird mich erfüllen, wird mein Herz erquicken, wie eine saftige Weide die Herde des Schäfers erquickt, wie die Quelle den dürstenden, staubbedeckten Wanderer erquickt, ja, er wird kommen und mich befreien von meiner Unstetigkeit, meiner Rastlosigkeit. Mein Warten, meine Geduld, all die Stunden, die Tage, die Wochen, all die Zeit des Hoffens und der Erwartung werden nicht vergebens gewesen sein, nein, nein, nein! Die Zuversicht, der Glaube werden obsiegen, werden obsiegen über die finsteren, zermürbenden Schatten des Zweifels, jawohl, er wird kommen, der Anruf.

Darum habe ich mir eines zugelegt, darum habe ich Geld ausgegeben, darum habe ich es erstanden, mein Handy, mein unverschämt flach und gut aussehendes, azurblaues Handy, um bereit zu sein, um da zu sein, um Tag und Nacht erreichbar zu sein, um nicht zu fehlen, wenn er kommt, der Anruf. Der Anruf, der mein Leben von Grund auf ändern wird, der es einer glücklicheren Wendung zuführen wird, vielleicht all meine Träume wahr werden lässt, mir mitteilt, dass ich der Klügste, Schönste, Beste bin, mir mitteilt, dass Saint Laurent bereit ist vor mir nieder zu knien, um ihm als Model zur Verfügung zu stehen, dass Hollywood mich anfleht, eine Hauptrolle neben Julia Roberts zu übernehmen, oder dass die Regierung einhellig an mich herantritt, um das Land vor der Krise zu retten, oder dass Deutschlands große Tochter Heidi Klum unbedingt noch ein Kind möchte – von mir! Nicht auszudenken, wenn ich einen solchen Anruf verpasste, wenn ich aus irgendwelchen fahrlässigen Gründen solch einen Anruf versäumte.

Diese Vorstellung verursacht mir Alpträume, verursacht mir Horrorvisionen, treibt mir den kalten Schweiß auf die Stirn, das würde mich für den Rest meiner Tage verfolgen, das könnte ich mir niemals verzeihen. Darum habe ich mein Handy immer bei mir, Tag und Nacht, in jeder Lebenslage, und auf volle Lautstärke gestellt, dass ich es nur ja nicht überhören kann, wenn er kommt, der Anruf, denn wie gesagt: Es gilt wachsam zu sein, es gilt erreichbar zu sein, immer und überall, so funktioniert heute unsere Welt, auf Piepston muss man gestellt sein, sonst zieht ein anderer das große Los, sonst zieht ein anderer das Geschäft an Land, ja, wer zuerst abhebt, mahlt zuerst, bekommt den Pott, wird entdeckt, wird berühmt, wird ein Dancing-Star, gehört zu den *Helden von Morgen*! Und wer sich dem nicht fügt, wer die Zeichen der Zeit ignoriert, bleibt auf der Strecke, wird immer hinterher hecheln.

Hach, wie viele Chancen wohl schon verpasst wurden, wie viele Möglichkeiten wohl schon vertan wurden, aus Unachtsamkeit, aus Trägheit, aus Bequemlichkeit …

Nur weil man schnell einmal auf die Toilette musste, hat man das Handy auf dem Küchentisch liegengelassen – ein Riesenfehler, eine unverzeihliche Fahrlässigkeit, denn genau, genau in diesem Moment, während der Erleichterung, läutet es, das Handy, und am anderen Ende war der Entdecker, war der Manager, Karl Moik, Dieter Bohlen, der liebe Gott, wer auch immer, derjenige jedenfalls, welcher dein bisheriges bescheidenes Leben in die sehnsuchtsvoll erwarteten und schon längst verdienten Höhen gehievt hätte, derjenige welcher deinem Leben endlich, endlich einen Kick gegeben hätte, derjenige welcher dich aus der Tristesse deines Alltags befreit hätte, der deinem Leben Glanz, Glamour, Talkshows und Seitenblicke verliehen hätte – wenn du abgehoben hättest! Leider aus… aus und vorbei … so einen Anruf bekommt man nur einmal, und wer den versäumt, aus welchen Gründen auch immer, den bestraft das Leben bitterlich …

Nein, nein, nein, nein, nein, nein, niemals ohne mein Handy, nicht ohne mein cooles azurblaues, formschönes, Hightech Designerhandy, damit ich ihn ja nicht versäume, den

Anruf. Sicher, meistens rufen meine Freunde und Bekannten an, Small Talk, Getratsche halt, nichts wirklich Wichtiges, manchmal auch irgendwelche Meinungsforschungsinstitute, Versicherungsfritzen, Typen, die einem irgendetwas andrehen wollen. Aber …, egal, denn eines Tages kommt er, ganz sicher, hundertprozentig, er wird kommen, der Anruf, der Anruf aller Anrufe, er wird kommen, ich weiß es, ich fühle es, ich spüre es in jeder Faser, in jeder Zelle, er wird kommen, und dann werden sich alle um mich reißen, alle werden mich lieben, das Fernsehen, die Illustrierten, das Showbusiness, ja, er wird kommen, der Anruf und eine Stimme wird verkünden: Du bist ein Star …

Die Brösel

Sie sind überall, ja, überall, in jedem Winkel, jeder Ritze, jeder Spalte, hinter jedem Eck, hinter jedem Vorsprung lauern sie! Sie lauern und planen meinen Untergang, jawohl, nichts weniger als meinen Untergang. Ihr krankhafter Synergismus ist einzig darauf ausgerichtet mich zu vernichten, mich in den Wahnsinn, in den Irrsinn zu treiben. Zwangsjacke, Gummizelle, Streckbett, weißgewandete, titanenhafte Wärter, die mich mit Gewalt niederhalten, mich niederspritzen, mich niederspritzen, jawohl!

Dabei sind meine Peiniger winzig klein, lächerlich klein! Ihre Macht liegt in ihrer zahlenmäßigen Unendlichkeit, keine Armee auf diesem Planeten kann es diesbezüglich auch nur annähernd mit ihnen aufnehmen.

Und, sie sind quasi unverwundbar! Ja, man kann sie den Abfluss runterspülen, im Mistkübel entsorgen, sie der reinigenden Kraft des Feuers anheim stellen, sie in alle Winde streuen, ihnen mit dem Staubsauger zu Leibe rücken, aber sie sind wie Zombies, sind wie die schreckliche, siebenköpfige Hydra, deren Häupter immer wieder nachwachsen – die Brösel!

Sie sind die Attentäter auf den Ordnungssinn jeder verantwortungsvollen Hausfrau. Sie sind das Terrorkommando auf das Pflichtbewusstsein jeder professionellen Reinigungsfachkraft. Sie sind eine Armada des Schreckens im Leben eines jeden aufrechten Sauberkeitsbedürftigen.

Natürlich wehre ich mich, schlage ich zurück, bewaffnet bis an die Zähne mit Mopp, Staubtuch und Putzkübel. Ich kämpfe mit dem Mut der Verzweiflung, mit der Besessenheit des Beseelten und in täglichen Scharmützeln mache ich ganze Heerscharen von ihnen nieder. Aber mein heroischer Kampf gleicht dem des Sysiphos, dem des Spartacus, von hundert von mir Eliminierten stehen tausend auf. Ihr Hohngelächter über die Sinnlosigkeit meines Tuns gellt in meinen Ohren, verfolgt mich bis in die tiefsten Tiefen meiner Träume. Ihre Existenz bestimmt all mein Denken, bestimmt mein Handeln, hat von mir Besitz ergriffen. Überall sind Brösel, überall, wir, wir Menschen sind nur Brösel, zusammengesetzt aus Abermillionen von Bröseln, und die Erde, ja, die Erde ist eine Brösel, eine riesige, eine unheilbringende, riesige Riesenbrösel im Universum…, ich muss sie vernichten, ja vernichten, muss das Universum bröselfrei machen, muss sie vernichten, muss die Riesenbrösel vernichten, muss die Erde vernichten … nieder … nieder mit der Erde, nieder mit der Brösel, nieder mit der Riesenbrösel, mit der unheilbringenden riesigen Riesenbrösel …

Eitelkeit, dein Name ist Frau

Wir waren eingeladen zu einer Geburtstagsparty, meine bessere Hälfte und ich. Na klar, zwei Wochen vorher gab es schon kein anderes Gesprächsthema mehr, als darüber, was meine Frau anziehen sollte. Grundgütiger Gott, mein Verein verliert die Meisterschaft, und meine Frau hat keine anderen Sorgen als ihre Garderobe – wo steuern wir nur hin?! Eine Wertigkeit verdrehte Welt ist das!

Sicher, keine Frage, sie will gut aussehen, im besten Licht erscheinen und dasselbe nicht unter den Scheffel stellen. In Schlabberhose, Birkenstocks und zerknautschtem Sweatshirt dort aufzukreuzen, käme wahrscheinlich nicht so gut. Aber ist es wirklich nötig, schon Tage vorher nur noch Kaninchenfutter zu sich zu nehmen, damit sie in das neue, sündteure Kleidchen passte, weil sie sich, wie sie meinte, in dem alten Zeug im bis obenhin vollgepfropften Kleiderschrank nicht mehr sehen lassen kann? Und ist es wirklich notwendig, schon drei Stunden vor dem Galaempfang das Badezimmer zum quasi militärischem Sperrgebiet zu erklären, und mir unter Androhung perfider Foltermethoden zu untersagen, dasselbe zu betreten?

Sieht mir doch sehr nach Gefallsucht aus, nach Geltungsdrang, außerdem orte ich da einen latenten Wettkampfcharakter, Catwalkallüren – ts … als wäre es – frei nach Lagerfeld – das Maß aller Dinge wie ein lebendig gewordener Kleiderständer herumzulaufen.

Wie anders sind da wir Männer! Attraktivität ist für uns keine Frage des Make-ups, solche Manipulationen und Gaukeleien benötigen wir nicht. Gutes Aussehen beziehen wir aus unserer Persönlichkeit, aus der Souveränität, zu unseren kleinen Mängeln und Schwächen stehen zu können, erst daraus resultieren jene Eigenschaften wie Selbstsicherheit, Ausstrahlung und Charisma, die uns für die Frauen so interessant machen. Sich so anzunehmen wie man ist, das ist das Geheimnis! Stolz ja sagen, zu sich selbst, und dazu, wie einen Mutter Natur nun einmal geformt und gestaltet hat. Wie ja schon eine alte Weisheit sagt: Wahre Schönheit kommt von innen, sie resultiert aus dem Einklang von Körper, Seele und Geist, und nicht aus den manipulativen Kunstgriffen der Kosmetik, jawohl! So ist das meine Damen!

Die Party? Na ja, das Übliche eben. Karriereschwafelnde Pseudo Bill Gates mit ihren aufgedonnerte Möchtegern Hollywood Tussis, die sich hinter ihrem Bussi-Bussi-Gehabe wie blutlechzende Hyänen beäugten.

Außerdem? Außerdem Lydia. Lydia heißt eigentlich Hannelore, aber Lydia betrachtet sich als Künstlerin – sie ist Friseuse, Verzeihung, Hairstylistin, davon abgesehen ein recht frivoles Ding! Setzt sie sich doch nicht vor der ganzen Gesellschaft in Szene und brüstet sich damit, dass der neue Haarersatz, den sie mir anpasste, wahre Wunder wirke, und mich um zehn Jahre jünger mache … also! Natürlich werden Sie diesen Unsinn nicht glauben – eine Verwechslung, was denn sonst?!

Die nackte und nichts als die nackte Wahrheit über Aufzugbenützer

Ich habe es selbst gesehen, jawohl, vielmehr, ich sehe es immer wieder, kopfschüttelnd!

Seit Jahr und Tag parke ich meinen ganzen Stolz, mein bestes Stück, mein Auto also, trotz durchaus überhöhter Gebühren, in einer Tiefgarage. Aus praktisch- und bequemlichkeitstechnischen Überlegungen, weil mein Arbeitsplatz unweit eben jener liegt. Über acht Etagen unter dem Erdboden erstreckt sich die Tiefgarage, eine Menge Blech, das hier einen Stellplatz zu durchaus überhöhten …, das hier einen Stellplatz findet. Hat man das Pech, oder je nachdem, wie man es sieht, das Glück, erst in der untersten Etage, in der achten also, einen Parkplatz zu finden, so muss man exakt 240 Stufen (Ich habe es selbst nachgezählt!) bewältigen, um je nach Wetterlage, erquickendes, hoffnungbringendes Sonnenlicht, zumindest aber Tageslicht, zu schauen, bzw. um zum Ausgang zu gelangen. Das ist nicht jedermanns Sache, und darum wurde von den Betreibern jener Tiefgarage scharfsinnigerweise ein Lift eingebaut. Durchaus sinnvoll und von Vorteil für Menschen, zum Beispiel mit Behinderung, oder für ältere Menschen, oder für Mütter mit Kinderwagen, oder für Väter mit Kinderwagen, oder für Menschen mit schweren Einkaufstaschen, oder Menschen mit einer sogenannten »schlagenden Tiefenneurose«, wie gesagt, durchaus sinnvoll – und zweckmäßig!, überhaupt, wenn man erst in einer der untersten Etagen, also in der achten, oder siebten oder in der sechsten einen Stellplatz findet. Könnte man nun also durchaus Verständnis für Liftbenützer aufbringen, die acht, sieben, sechs, ja meinetwegen auch noch fünf Stockwerke unter der Erde parken, und selbigen benützen, auch wenn sie über keines der oben genannten Handicaps verfügen, so wecken Artgenossen, die sich mitunter sogar anstellen, sogar Wartezeiten in Kauf nehmen, um tatsächlich noch vom ersten Untergeschoss den Aufzug zu benützen, meinen anthropologischen Wissensdurst.

Weshalb um alles in der Welt wird das Heer der Liftfahrer immer größer, weshalb um des lieben Himmels willen sind so viele schwitzende, ächzende, nicht unbedingt gerade nach Channel No5 riechende Menschen bereit, sich mit anderen schwitzenden, ächzenden, nicht gerade nach Channel No5 riechenden Menschen in einen kleinen, stickigen Kasten sperren zu lassen? Ist es schnöde Bequemlichkeit, die das Sagen hat und jene – trotz geraden, strammen Wuchs – daran hindert, ein paar Stufen zu steigen, was doch, wie uns die

Wissenschaft versichert, der Gesundheit enorm zuträglich wäre. Irrt etwa die Wissenschaft? Ist so etwas möglich? Sollte man sich vor Bewegung hüten, ist Bewegung gefährlich? Immerhin, die sich enorm häufenden Sportunfälle rechtfertigen zumindest solch eine Schlussfolgerung. Wer Bewegung vermeidet, nimmt zwar an körperlichem Volumen zu, aber er reduziert die Unfallgefahr, eine durchaus schlüssige Argumentation ... Wäre also die Angst vor Verletzungsgefahr die Ursache für übertriebene Liftkonsultation ...

Erwähnte ich schon, dass die Anthropologie zu meinen Steckenpferden gehört, und da wiederum der Homo Sapiens zu meinen bevorzugten Forschungsobjekten zählt, jawohl, richtig gehört, ich erforsche den Menschen, analysiere ihn, unterziehe ihn quasi einer Seelenautopsie, und versuche auf Grundlage meiner Beobachtungen plausible Erklärungen für dessen Verhaltens- und Handlungsweisen zu finden. Und meine Recherchen im Zusammenhang mit den zwanghaften Liftfahrern brachten eine äußerst erstaunliche Erkenntnis zu Tage: Es ist nicht Bequemlichkeit und die damit verbundene Bewegungsfaulheit, die einen Menschen zum kritiklosen Liftfahrer machen, ganz und gar nicht! Etliche der von mir Befragten Liftbenützer sind Abobesitzer in Fitnesstudios, ja! Auch ist es keine paranoide Angst vor Unfällen oder Verletzungen, die Menschen dazu treibt keine fünf Stufen mehr zu Fuß gehen zu wollen. Nichts da, weit gefehlt! Vielmehr ist es der Sex, besser gesagt das Sexualempfinden, jawohl, das Sexualempfinden macht die Menschen zu Liftfahrern! Das ist der wirkliche Grund, warum sie Wartezeiten vor den Liften in Kauf nehmen, ja, ich behaupte sogar auf Wartezeiten hoffen, weil es ihre Erregung steigert, quasi Vorspiel! Das ist der Grund warum sie enge, schlecht belüftete, stickige Aufzüge benützen, und umso mehr sie sich hineinzwängen müssen, umso mehr Menschen schon drin sind, desto lieber ist es ihnen, weil sie Körpernähe suchen, jawohl. Hüfte an Hüfte, Brust an Brust, Po an Po und die Hände weiß Gott wo – gut denkbar dass Liftbenützer im Grunde ihres Herzen verkappte Gruppensexbefürworter sind. Und sie nützen jedes Stockwerk, um ihrer obsessiven Leidenschaft zu frönen, die unteren Etagen für ein ausgedehntes Sexualerlebnis, die oberen zumindest für einen flotten Quickie – jawohl, so ist das mit den Liftfahrern, so ist das! Damit Sie es nur wissen! Sie!

Actionfilm-Helden

Sie sind attraktiv, intelligent, witzig, charmant, schlagkräftig, haben keine Probleme mit der Verdauung und dem Stuhlgang, leiden nicht unter Mundgeruch, schwitzen niemals und kein einziger ekelerregender Eiterpickel verunziert ihr ebenmäßiges Gesicht und ihren makellosen Körper. Ihr Outfit ist immer tadellos, immer der jeweiligen Situation angepasst. Eben noch Armani bedresst, von finsteren Schurken entführt, nun auf der Flucht in Guerillahosen, mit Patronengurt, Kalaschnikow und adäquatem Schuhwerk.

Kritische Filmkonsumenten fragen sich: Wie machen die das?!

Obwohl, wenn ich ernsthaft darüber nachdenke, liegt der Grund wohl auf der Hand. Man hat den Anzug ausgetauscht, vor der Folter, gegen Buschkleidung. Wäre ja schade gewesen um das gute Stück, wenn es ruiniert worden wäre, durch Blut, Kotze, ausgedrückte Zigarren usw. Auch Folterknechte sind Menschen, merkwürdige, zugegeben, aber Menschen eben, und denken praktisch.

Interessant verhält es sich auch mit dem Kopfschmuck jener Protagonisten: Selbst nach der schlimmsten Tortur wirkt er so als sei er eben von den beiden Starfigaros Hans & Georg Bundy in akribischer Kleinarbeit zurechtgetrimmt worden. Natürlich, man kann Schauspieler nur der Authentizität wegen nicht wirklich foltern (auch wenn es so mancher durchaus verdient hätte), und ihnen also ein dementsprechendes Aussehen verpassen, geht nicht – hmmm...??? Bedenken Sie doch, das würde die ohnedies astronomischen Gagen so manch eines dieser Darsteller ins Unermessliche beamen. Gehört doch ohnehin schon eine nicht mehr gesunde Portion geistiger Masochismus dazu, solch eine Rolle zu übernehmen.

Andererseits wäre zu sagen, dass der Geist eines Menschen ungleich schwerer zu quälen ist als der Körper, da die geistige Folter einen solchen logischerweise erst voraussetzt. Einen schmerzempfindlichen Körper aus Fleisch und Blut aber besitzt jeder, sogar der dunkelste Analphabet.

Trotzdem, ich bewundere diese Kämpfer für die Gerechtigkeit und das Gute, diese Handlanger Gottes auf Erden, die alle daumenlang damit beschäftigt sind, Normalsterbliche wie dich und mich vor skrupellosen Bösewichten zu beschützen und die Welt vor dem Untergang zu bewahren. An ihnen wird auf heroische Weise sichtbar, wie sehr wir doch im Grunde das Gute wollen und das Böse verachten. Alle Verdienstorden dieser Erde sollten ihnen umgehängt werden. Was spielt es schon für eine Rolle, wenn so ein Held seine Widersacher reihenweise niedermetzelt. Schlimme Dinge müssen getan werden um noch schlimmere Dinge zu verhindern – stimmts?!

Stimmt. Übrigens, ist Ihnen schon einmal aufgefallen, dass so ein Weltverbesserer nie auf die Toilette muss, ich meine großes Geschäft, das Kleine erledigt er nach guter alter Männermanier in freier Natur, meist neben seinem treuen, um einen Kopf kleineren Gefolgsmann, damit dieser ehrfurchtsvoll seinen großen Pimmel bewundern kann, oder während eines Fallschirmabsprungs – aber großes Geschäft – nein. Klar, die Szene wird rausgeschnitten aus ästhetischen Gründen, aus Gründen des guten Geschmacks, man will das Zartgefühl des Publikums nicht verletzen. Aufgeschlitzte, massakrierte Leichen, okay, aber Kloszene, igitt!

Davon abgesehen, wen interessiert schon Rambos harter Stuhlgang oder der Terminator, wenn er in der Nase popelt? Wen interessieren schon ganz stinknormale, den täglichen kleinen Widrigkeiten des Lebens ausgesetzte Menschen? Eben. Also, mit Nietzsche im Chor: Her mit dem Übermenschen!

Film und Literatur tun mehr als ihre Schuldigkeit und kommen in posthumer Anerkennung Nietzsches dieser Forderung nach, selbst wenn sie denselben möglicherweise gar nicht kennen! Sie senden Streifen dieses Übermenschgenres beinahe bis zum Überdruss. Möglich auch, dass solch philosophische Feinheiten quotenjagenden Fernsehstationen überhaupt fremd sind und sie bloß ihrem pädagogischen Pflichtbewusstsein und unserem geheimen Wunsch nachkommen, ein bisschen so zu sein, so wie die: die Übermenschen im Fernsehen.

Das Horo(r)skop

Ich bin nicht abergläubisch – natürlich nicht! Schwarze Katzen, Freitag der Dreizehnte, alte Frauen mit Warzen auf der Nase, – alles Schwachsinn! Husch, husch, zurück ins Mittelalter. Wir leben in einer aufgeklärten, modernen Zeit, der Mensch ist enträtselt, durchforscht und katalogisiert bis ins letzte Gen. Das Weltall, die Erde, ein offenes Buch. Die Seele, Himmel und Hölle, eine Erfindung der Kirche, wegen der Gebühren. Gottlob darf also davon ausgegangen werden, dass der Intellekt früher oder später die endgültige Oberhand gewinnen wird über Wunschdenken, Realitätsverleugnung, Wahrheitsverdrängung und dergleichen. Aber: Noch ist Wachsamkeit angesagt! Noch lauern eine ganze Armada subversiver Kräfte und Mächte! Ihr Sinnen und Trachten ist einzig darauf ausgerichtet, den gesunden Menschenverstand zu unterhöhlen und den nicht wenigen verirrten Schafen eine Scheinwelt vorzugaukeln, die mit der Wirklichkeit ungefähr so viel zu tun hat, als dass bewusste Prinzessin in bewusstem Märchen bloß auf einer Erbse gelegen haben soll.

Aber nicht mit mir, nicht mit mir, ich glaub nicht an so einen Schwindel, an solche Scharlatanerie: Handlesen, Wahrsagen, Sterndeutung, dieser ganze Hokuspokus. Wer denn, außer man selbst, bestimmt die eigene Wahrheit, das eigene Leben!? Gut, zugegeben, hin und wieder leiste ich mir den Luxus und lese mein Horoskop, aber nur zum Vergnügen, zum Gaudium gewissermaßen, und schon alleine deshalb, um bestätigt zu bekommen, wie dasselbe von der Realität ad absurdum geführt wird.

Hören Sie sich das nur an, herrlich, herrlich, herrlich, schon alleine die Diktion ist ja zum Schreien: Gewitterwolken ziehen auf, Mars und Neptun bilden eine Allianz des Schreckens und gefährden ihre Karriere. Handeln Sie schnell, gehen Sie ab von dem eingeschlagenen Weg, mit Hilfe der Ihnen wohlgesonnen Venus ist vielleicht noch das Schlimmste zu verhindern …

Einfach spitze: Mars und Neptun gefährden also meine Karriere. Ich sitze sicherer im Sattel als Old Shatterhand! Mein feister Chef würde ja noch nicht einmal merken, dass man ihm den Stuhl unter dem Allerwertesten wegzieht, wenn die Schwerkraft ihn nicht daran erinnern würde.

Oder, noch besser: die große Liebe ist verebbt, die Sonne-Mond-Opposition lässt die Dinge im klaren Licht erscheinen, aber leider nicht für Sie, zudem trübt eine Saturn-Merkur-Attacke Ihren Blick fürs Offensichtliche. Guter Gott, das ist ja ein regelrechter Krieg der Sterne, Star-Wars Teil Drei »Die Abrechnung«. Also, wenn das keinen Unterhaltungswert besitzt! Richtig wohltuend nach den etwas deprimierenden Börsenberichten vorhin.

Was meine Frau betrifft, so ist sie mir mit beinahe hündischer Ergebenheit zugetan, wie zu einem Monument, wie zu einem Denkmal sieht sie auf zu mir, nach wie vor bin ich ihr Held, ihr Strahlemann, ihr tugendhafter Ritter, ihr… Ah, hallo Liebling, gerade habe ich an dich gedacht…Was, was, du willst mit mir reden…!? Du willst mich verlassen, ha, ha, guter Witz! Was? Du hast ein Verhältnis mit meinem Chef? Schon seit einem Jahr? Nur weil du dagegen warst, hat er mich nicht gefeuert? Er hat herausgefunden, dass ich Firmengelder abgezweigt habe, dass ich ein Verhältnis mit seiner Frau… – du hast einen Privatdetektiv auf mich angesetzt? Es gibt eindeutige Fotos? Du willst die Scheidung …? Die Villa …? Das Ferienhaus …? Die Yacht …? Den Ferrari …? Die Pferde – was haben die Sterne nur gegen mich?

Tod eines Idols

Wem passiert das schon, dass er beim Pinkeln, quasi am Arsch, Verzeihung, quasi am Anus der Welt, wo sich Fuchs und Henne Gute Nacht sagen, nämlich in Hinterdimpfloberreith, das ist in der Nähe von … von … ja von wo eigentlich? Ist ja auch egal, jedenfalls in Hinterdimpfloberreith, oder so ähnlich. Also, wem passiert das schon, dass er in einem Kaff wie diesem in einem mehr oder weniger heruntergekommenem Landgasthof im Pissoir notgedrungen sein Geschäft verrichtet, und steht bei dieser höchst privaten Sache direkt neben seinem Idol, wem passiert das schon? Was glauben Sie, wie hoch ist wohl die Wahrscheinlichkeit solch einer Begegnung? Zur Verdeutlichung, mein Idol ist nicht irgendwer, er ist ein Weltstar, er gehört zur Creme de la Creme der Reichen und Schönen, er ist ein Oberpromi, ein echter VIP aus der obersten Schublade der Glanz- und Glitzerwelt. Die gesamte Damenwelt auf diesem Planeten, vom Teenie bis zur Diva himmelt ihn an, bekommt weiche Knie, einen verklärten Blick, und wer weiß, was nicht noch alles, wenn er nur auf der Mattscheibe erscheint. Jeden Tag sind die Hochglanzmagazine voll von ihm und seinen neuen Eroberungen, ein echter Jäger, der die Girlies und Starlets reihenweise flach legt.

Ja, ich gebe es zu, er verkörpert alles, was ich gerne wäre: den Haudegen, den Draufgänger, den Frauenschwarm, den Typ, der sich kein Blatt vor den Mund nimmt, der aufbegehrt, der bekannt ist für seine markigen Sprüche, und der mit der Faust auf den Tisch haut, wenn ihm was nicht passt – quasi der Wilde mit seiner Maschin', Marlon Brando nichts dagegen, kann man alles nachlesen, jawohl!

Mein Gott, wie oft habe ich mir gewunschen so zu sein wie Er, mein Held, mein Hero! Da oben zu stehen, von den Frauen begehrt, von den Männern beneidet, und dann das! Wäre Platz gewesen, ich wäre auf die Knie niedergesunken und hätte dem Allmächtigen noch an Ort und Stelle für dieses Wunder gedankt, denn nur um ein Wunder konnte es sich handeln, hier zu stehen, in diesem Hinterwäldlernest neben dem Verehrten, dem Einzigen und Wahrhaftigen, noch dazu unter Bewerkstelligung einer echten Männersache!

Was hatte ich zuvor geflucht, als ich bemerkte, dass ich mich verfahren hatte, und dann, diese Fügung, das konnte kein Zufall sein, das war Bestimmung! Und er war es, jawohl, er war es, Zweifel ausgeschlossen, der hohe Wuchs, die breiten Schultern, der raubtierhafte Blick aus durchdringend blauen Augen, das dunkelblonde Haar lässig in die Stirn geworfen, der leidenschaftliche Mund, und, ja, da war sie, der eindeutige, der unwiederbringliche Beweis seiner Identität, die kleine markante Narbe unterhalb des linken Jochbeins – sein Markenzeichen!

Fast wäre mir vor Aufregung mein kleiner Manitu aus der Hand geflubscht, als ich bemerkte, um wen es sich da neben mir handelte, und all meine Beherrschung war notwendig, um mich wieder einzukriegen, dennoch, und obwohl ich für gewöhnlich nicht mehr zum Voyeurismus neige als jeder andere auch, wanderte mein Blick wie von einem Magneten gesteuert in die untere Etage meines Idols, ich musste einfach wissen, ob sein Johannes seiner animalischen Männlichkeit ebenbürtig war. Von einem Alpha-Männchen wie ihm machte ich mich darauf gefasst, zwischen seinen Lenden nichts weniger als eine Art Torpedo, einen Rammbock, eine Panzerabwehrrakete zu erblicken! Ja! Ja ... aber ... aber was war das...? Dieses ... dieses Dinglein, das da schüchtern und ängstlich in eine vor Testosteron strotzende Männerwelt blickte, dieses mitleiderregende, kleine Würmchen zwischen Daumen und Zeigefinger meines Idols, dieses halbe Portiönchen, dieses abgebrochene Würstchen, dieses Pommes Frittchen, dass ER, der Wahrhaftige, der Unerreichte nun vorsichtig ausschüttelte und dann sorgsam zwischen seine Adonisschenkel bettete.

Ich war perplex, ich konnte es nicht fassen, eben war eine Welt für mich in Trümmer gegangen. Benommen, wie unter Drogen, verließ ich nach einer Weile die Toilette und machte mich wie in Trance auf dem Weg zu meinem Auto.

Als ich gerade den Gastgarten durchschritt, versperrte mir die Wirtin forsch den Weg und fragte kopfschüttelnd, ob ich nicht gedächte, anstandshalber und der guten Sitten willen, und weil ja auch noch andere Gäste anwesend wären, meinen vorwitzigen Sportsfreund einzupacken.

Kurzgeschichten

Mein Großvater

Zuerst Totenstille, der Himmel tintenschwarz, die Luft, als wäre sie erstickt und voll von Elektrizität, nicht einmal ein Blatt bewegte sich. Plötzlich ein Blitz, der das Himmelsgewölbe entzwei riss, dass man vermeinte, den Allmächtigen auf seinem Thron sitzen zu sehen, Petrus, der große Windmacher, ließ die Stürme los, dann ein Krachen wie aus tausend Kanonen: Rumbumbumbum, Rumbumbumbum....

So, oder so ähnlich, pflegte mein Großvater seine Geschichten zu beginnen. Meistens hatten diese Geschichten ein verheerendes Gewitter und einen waghalsigen Löscheinsatz zum Inhalt, dessen Held Großvater, ein ehemaliger Feuerwehrkommandant, war. Seinen Erzählungen nach hatte er unzähligen Menschen das Leben gerettet und sie vor einer alles verschlingenden Feuersbrunst bewahrt. Und tatsächlich wurde ihm einmal nach einem solchen Einsatz ein Orden verliehen, vom Landeshauptmann persönlich, für besondere Verdienste für Land und Leut. Zeitlebens erhielt dieses Prunkstück einen Ehrenplatz: Gerahmt und hinter stets poliertem Glas hing es, gleich neben dem Kruzifix im Herrgottswinkel, gewissermaßen als Erinnerung für den Lieben Gott, dass er nur ja nicht vergessen solle, ihm diese Heldentaten einmal anzurechnen, wenn Großvater ihm dereinst gegenüberstünde.

Im Hauptberuf war Großvater Landwirt, daneben betrieb er ein Stellfuhrwerk, das heißt, er belieferte die Dorfbewohner mit Holz, Kohle, Mehl und, in seltenen Fällen, mit merkwürdigen Touristen, die man damals noch Sommerfrischler nannte. Vergilbte Fotos zeigen ihn stolz mit Melone, Reitstiefeln und Peitsche auf dem Kutschbock, zu seinen Füßen Rex, ein Schäfer und im Geschirr seine geliebte Fanny, das intelligenteste aller Pferde wie Großvater ohne den geringsten Zweifel behauptete. Manchmal trottete das Tier mutterseelenallein im Hof ein, was für gewöhnlich bedeutete, dass er irgendwo Station gemacht hatte. Wenn es Zeit war nach Hause zu kommen, schickte Großmutter Fanny einfach wieder los, um ihn abzuholen – so klug war dieses Tier.

Meine persönlichen Erinnerungen an Großvater beginnen, als ich etwas über fünf Jahre alt war.

Er war zu diesem Zeitpunkt schon sehr schlecht auf den Füßen und lag meist, gestützt von mächtigen Polstern, auf dem Diwan in der Stube, der zu einem Krankenbett umfunktioniert worden war. Trotzdem hatte er sich seinen Humor bewahrt, sein Schnurrbart war nach wie vor mit der Brennschere in Form gebracht und die blassblauen, schalkhaften

Augen blitzten unter buschigen Brauen, wenn er uns seine Feuerwehrgeschichten erzählte.

Im Sommer, wenn der Himmel zuzog und die Zeichen auf Gewitter standen, bestand er immer darauf, dass man ihn auf die Terrasse brachte. Während meine Mutter eine Wetterkerze entzündete und wir Kinder darum beteten, von Blitz und Feuersbrunst verschont zu bleiben, saß er, eingewickelt in eine Decke, und umtost von Blitz und Donner und Sturm, mit verzücktem, ein wenig irrem Gesichtsausdruck draußen auf der überdachten Veranda. Er wirkte völlig in sich gekehrt, wie in Trance, aber hinter seiner Stirn schien es mächtig zu arbeiten, so, als könne er durch die bloße Kraft seiner Gedanken das Gewitter dahingehend beeinflussen, uns nichts anzuhaben.

Großvater hatte uns einmal erzählt, dass ein Fremder, den er gastfreundlich aufgenommen hatte, ihm prophezeit habe, dass unser Haus niemals durch Feuer zu Schaden komme. Wenn ich mir heute unsere irrwitzigen Zündeleien auf dem Heuboden ins Gedächtnis rufe, die wir als Kinder veranstalteten, dann denke ich mir, ein Funken, pardon, Quäntchen Wahrheit, könnte an dieser Weissagung schon dran gewesen sein. Ironie der Geschichte: Großvater – selbst im Alter noch ein starker Raucher – hatte sich einmal, als schon alles zur Ruhe gegangen war, eine seiner geliebten Filterlosen angezündet, dabei war er eingeschlafen. Irgendwann dürfte ihn dann die Rauchentwicklung oder die Hitze seines Bettes geweckt haben, denn ein gut Teil davon gloste bereits. Großvater, kein

Mann von langen Entschlüssen, langte unter das Bett um die Leibschüssel, aber, oh Schreck, sie war leer! Folgerichtig, ohne die Nerven zu verlieren – wie es einem ehemaligen Feuerwehrkommandanten eben ansteht – kombinierte er, dass, wenn die Leibschüssel leer war, seine Blase voll sein müsse und nun, ohne falsche Scham, legte er los, dass meine Mutter im Traum vermeinte, die Meeresbrandung zu vernehmen.

Diese Eskapade hatte aber Folgen: Mutter sperrte die Zigaretten nachtsüber weg, da half kein Protest und keine Drohung, Mutter ließ nicht mit sich spaßen.

Großvater hatte häufig Besuch. Als es ihm noch besser ging, war es nicht schwer, ihn zu einem Zweier- oder Dreierschnapser zu überreden. Später, als der Verfall einsetzte und in Folge rasch voranschritt und er kaum noch aus dem Bett kam, saßen diese Besuche auf einem Sessel neben seinem Bett, manche legten ihre Hand auf seinen knochigen, ausgemergelten Arm, der wie ein dürrer Ast unter der Bettdecke hervorkroch, und sprachen von Abschied – zumindest klang es für mich immer so, als sprächen sie von Abschied. Ich glaube, damals spürte ich schon, dass Großvater uns verlassen würde. Es stand in seinen trüben, unendlich müden Augen geschrieben, die so tief in ihren Höhlen lagen und so entrückt dreinblickten als verweile er schon ganz woanders. Damals, so glaube ich – oder nein, ich weiß es – stellte sich bei mir im Angesicht seines Siechtums zum ersten Mal ein leiser Zweifel ein, zum ersten Mal in meinem so jungen Leben war ich mit der Sinnfrage konfrontiert …

Es war ein Tag im Hochsommer, Mitte, Ende August, schon vom Morgen weg schien die Luft still zu stehen, schien voll zu sein von Elektrizität, wie Großvater immer behauptet hatte. Am späten Nachmittag bläht ein Wind von Süden kommend die Wäsche auf der Leine, die obligate Schaukel quietscht gespenstisch in den Angeln, im Stall scharrt das Vieh, Insekten kollabieren im Blutrausch …

Erste violette Wolken rotten sich am Horizont zusammen, formieren sich zu einer Armada des Schreckens. Großvater liegt in seinem Krankenbett, sein Nachthemd ist durchgeschwitzt, das Haar steht ihm wirr vom Kopf, ein Speichelfaden rinnt aus einem der schlaffen Mundwinkel wie Lametta, dann und wann stöhnt er im Fieber, dann und wann trocknet meine Mutter seine heiße Stirn.

Tür und Tor sind verriegelt, von irgendwoher das Krah Krah einer psychotischen Krähe am pechschwarzen, mitleidlosen Himmel. Wie aus dem Nichts setzt der Wind ein, erhebt sich in Sekundenbruchteilen zur Orkanstärke, schon im ersten Ansturm fliegen Dachziegel. Ein mächtiger Blitz reißt den Himmel entzwei und taucht die Welt in ein surreales Licht. Der Todgeweihte in seinem Bett stöhnt wieder, bedeutet aufgesetzt werden zu wollen. Meine Mutter entzündet die Wetterkerze, wir beginnen einen Rosenkranz zu beten, manchmal wage ich einen scheuen Blick zu diesem Gespenst auf dem Bett – ein Fremder, meilenweit von uns entfernt, nicht erreichbar, und, merkwürdig, die fortschreitende Intensität des Gewitters scheint eine seltsame, fast diabolische

Wandlung mit diesem Etwas auf dem Bett zu vollführen, eine okkulte Macht scheint von diesem Etwas Besitz zu ergreifen, es aufzuladen mit ungeheurer, negativer Energie. Trotz meines Entsetzens kann ich kaum noch den Blick abwenden, im Herrgottswinkel zuckt der geschundene Leib Christi ekstatisch im Blitzlicht. Die anderen bemerken nichts, fahren fort mit dem Sing-Sang ihres Gebetes: Oh Herr, verschone uns vor deinem Zorn ...

Es war das mächtigste Gewitter, an das ich mich erinnern kann. Trotzdem hielt sich der Schaden in Grenzen, nur ein paar abgedeckte Scheunen, einige entwurzelte Bäume, eine erschlagene Sau und ein mittlerer Erdrutsch, der das schon mehrmals sabotierte Kunstwerk – eine badende Nymphe aus leeren Weinflaschen des höchst wunderlichen Künstlers Anton Lechners, unter sich begrub ...

Großvater war jene Nacht gestorben. Sein Gesicht war völlig entspannt, fast heiter und auf den Lippen trug er jenes gütig-spöttische Lächeln, das er zeitlebens getragen hatte.

Von der Erfindung der Schi

Also begonnen hat alles vor ziemlich langer Zeit in Mmgambinamgambasa, jawohl, richtig gehört, genau in jenem sagenumwobenen, legendenumrankten Mmgambinamgambasa. Für jene die diesen Ort tatsächlich nicht kennen sollten: Das war ein mittelgroßes, idyllisches Dorf, mit zu jener Zeit menschenfreundlichem Sozialsystem, anspruchsvollem Kulturprogramm, kurz mit tadellos funktionierender Infrastruktur, etwa 5000 Einwohner, in Ostafrika, in einem Staat, den man heute Simbabwe nennt.

Dort in jenem Dorf, in der Schule nämlich, saß zu vorgerückter Nachmittagsstunde der momentan etwas müde anmutende, sonst aber für seine Aufgewecktheit allseits bekannte und beliebte Ngambolele Ngambosasa auf seinen vier Buchstaben und war froh, dass die letzte Stunde des Tages nahte. Zeichnen, Gottlob. Dafür war der kleine Ngambolele dankbar, schließlich war dies ein Gegenstand, der nicht unbedingt seinen hundertprozentigen Einsatz, seine hundertprozentige Aufmerksamkeit verlangte, ja, der es ihm vielleicht sogar ermöglichte ein kleines Nickerchen einzulegen, um nach der Schule fit zu sein, für dieses aufregende Spiel, das neuerdings in seinem Dorf gespielt wurde und für das sie noch keinen Namen hatten. Es ging darum, einen Ball, der aus alten Lumpen geformt und mit Schnüren zusammengebunden wurde, mit den Füßen oder dem Kopf zwischen zwei Weidenruten hindurch zu schießen. Jene Mannschaft, der dies innerhalb einer vorher vereinbarten Zeit am öftesten gelang, hatte gewonnen.

Ngambo, wie er der Einfachheit halber von seinen Freunden gerufen wurde, beugte sich, ganz Ernsthaftigkeit vortäuschend, über seinen Zeichenblock, um den Eindruck zu vermitteln, er sei völlig konzentriert bei der Aufgabenstellung, nämlich einen schönen Tag zeichnerisch darzustellen, in Wahrheit aber war er, ehe er sich versah auch schon eingeböselt. Zum Glück schien auch der Herr Lehrer an diesem Tag etwas angeschlagen. Er hatte in seinem bequemen Sessel hinter dem Katheder Platz genommen, sein Gesicht hinter dem Klassenbuch versteckt, die Beine von sich gestreckt, und schon bald war ein zurückhaltendes, dezentes, aber doch wahrnehmbares, leises Schnarchen zu hören. Pech nur, dass diese nachmittägliche Siesta der Herr Direktor, der wie immer ohne anzuklopfen und als gelte es einen Überraschungsangriff zu starten, bei der Türe hereinstürmte. Der Herr Lehrer wäre, hätte sein Stuhl keine Lehnen gehabt, vermutlich vor Schreck von demselben hinuntergefallen, so war es nur das Klassenbuch, das in hohem Bogen vor den Füßen des – das muss man sagen – konsternierten Herrn Direktors landete. Ngambo seinerseits war hochgeschnellt, gebissen wie von einer Boa Constrictor, was der Herr Direktor allerdings in Unkenntnis des Sachverhalts zu dessen Gunsten als vorbildliches Benehmen wertete.

»Das ist halt echter Respekt vor der Obrigkeit«, verkündete er dem Rest der Klasse, die sich nun so nach und nach ebenfalls erhob. »Nehmt euch ein Beispiel an diesem tüchtigen Burschen«, fuhr er gewichtig fort und ging sogar so weit, Ngambo die Schultern zu tätscheln – frage nicht, was sich Ngambo nach der Unterrichtsstunde von seinen Mitschülern anzuhören hatte!

Wie auch immer, die Freundlichkeit des Herrn Direktors hatte ihre Ursache nicht nur in der vermeintlichen Dienstfertigkeit Ngamboleles, nein, sondern vielmehr in der Tatsache, dass Ngambo wegen seiner besonderen Leistungen respektive seiner Sprachfähigkeiten dazu ausersehen wurde, sein Land, sein Dorf im Zuge eines Schüleraustauschprogramms zu vertreten und zwar – unglaublich aber wahr – in einem Land namens Österreich. Richtig gehört Österreich, genauer gesagt im heiligsten aller Bundesländer, in Tirol, in den Kitzbühler Alpen, in der Ortschaft Kitzbühl, genau jenem Kitzbühl also, das es viele Jahre später durch die Sangesfreude eines blondgelockten Barden zu ungeahnter Popularität bringen sollte.

Hier bei der Familie des braven Simon Jakober nahm Ngambo für ein halbes Jahr Kost und Logis, um im Sinne des Schulprojektes fremde Sitten, Gebräuche, Kultur und Zungenschlag eines anderen Landes zu studieren.

Angekommen war Ngambo, bestückt mit zwei Bastkoffern, Anfang September und betrachtete nun staunenden Auges und offenen Mundes die ihn umgebende Tiroler Bergwelt.

Mindestens genauso staunenden Auges wurde seinerseits Ngambo betrachtet, vornehmlich von den sechs Kindern des gottesfürchtigen Ehepaares Simon und Antonia Jakober. So etwas hatten sie noch nie gesehen, einen Jungen beinah so schwarz wie Ebenholz, mit einem Gesicht, darin die Zähne so weiß blinkten, wie die höchsten Gipfel ihres Heimatlandes. Aber wie immer wenn Unvoreingenommenheit und gegenseitiger Respekt die Umgangsformen bestimmen, funktionierte die Chemie zwischen Ngambo und den Jakobers wunderbar. Der große Sohn aus den Büschen Afrikas wurde bei ihnen aufgenommen wie ein ebensolcher eigener und, ja, ja, ganz sicher war dies mit ein Grund für denn großen Wurf, den Ngambolele Ngambosasa hier landete, den nicht immer nur – und Gott sei Dank! – ist die Not oder ein vermeintlicher Bedarf, oder Eitelkeit verantwortlich für heroische, weltbewegende Erfindungen und Errungenschaften, nein, oft genug genügt eine entspannte Atmosphäre, eine wohlgesonnene, liebevolle Umgebung, um den Geist zu entzünden, und Resultate ähnlichen Ausmaßes zu erzielen.

Der Sommer war vorangeschritten, und der Herbst hielt verstohlen und argwöhnisch wie ein geifernder Pfennigfuchser seinen Einzug. Noch einmal hatte das Land seine brokat güldene Feiertagstracht angelegt und erstrahlte in exhibitionistischer, selbstherrlicher Pracht – zu Mittag wärmte noch eine bleiche, wissende Sonne, doch schon kündete das fallende Laub des Ahorns, der mächtigen Kastanie vor dem Haus, und der fügsamen Buche von nahendem Verfall und Ende. Dann und wann fegte über die Bergketten ein schneidender Wind, strich über die abgeernteten Stoppelfelder und gemahnte an den Schnitter Tod.

Doch das alles beeindruckte den gottesfürchtigen Simon und seine ebensolche Frau Antonia wenig. Ganz im Gegenteil, jetzt begann die Zeit der langen, gemütlichen Abende, in der die Buchenscheite im Herd krachten und die Luft erfüllt war vom Bratäpfel- und Dörrzwetschkenduft. Eine Zeit, in der der gute Simon seine Meerschaumpfeife in Brand setzte, den krummen Rücken am Kachelofen wärmte, und sich den einen oder anderen steifen Grog einverleibte, während Antonia in die Saiten ihrer Zither griff und lächelnd einen andächtigen Jodler vortrug. Jawohl, so war das bei den Jakobers, da wurde gelacht und gescherzt und gespielt, und Geschichten erzählt.

Auch Ngambo erzählte Geschichten: von seiner Heimat, von den endlosen Savannen, dem unvergleichlichen Sternenhimmel, dem markerschütterndem Gebrüll des Tigers, den behäbigen, gutmütigen Wasserbüffeln, den Antilopenherden, dem mächtigem Kondor und, und, und. Und die Jakober Kinder, aufgereiht wie die Orgelpfeifen, bekamen große Augen und brachten vor Staunen den Mund nicht mehr zu, während Antonia, nicht faul und inspiriert von den Erzählungen Ngambos, »Kumbayah, My Lord« anstimmte, in das zuerst Ngambo voller Sehnsucht, und dann so nach und nach alle Jakober-Goldkehlchen voller Inbrunst einstimmten.

Ja, und dann eines Morgens, es muss so Ende November gewesen sein, nach einem Abend voller Fröhlich- und Heiterkeit, voll tirolerisch afrikanischen Harmonie passierte etwas, das Ngambolele Makelele Omnbuto Kisahsa Ngambosasa – so hieß er mit vollen Namen – bis jetzt nur vom Hörensagen gekannt hatte: die Welt hatte schneeweißes Make-up aufgetragen. Schneeflocken so groß wie Original Tiroler Kasnocken fielen in unermesslicher Zahl vom Himmel, ließen sich sanft nieder auf den Zweigen der Bäume, den Dächern, den Fluren, den Weiden, den Äckern, überall, und verliehen der Welt den Anschein von Unschuld, nach der wir uns insgeheim bis zum heutigen Tage vergeblich sehnen.

Nun kann man sich bei diesem Sachverhalt natürlich leicht vorstellen, wie der kleine Ngambo die Augen aufriss, sich erst einmal kräftig zwickte, weil er zuerst vermeinte noch zu träumen, wie er dann seine Nase an die kalte Fensterscheibe presste und beinahe picken geblieben wäre. Da kann man sich leicht vorstellen, bei der Aufregung, dass er nicht lange fackelte, diesmal nicht erst seine geliebte heiße Schokolade abwartete, sondern hastig in seine Krachlederne fuhr, bei der Türe hinaus, über die Schwelle in den Schnee stürmte, und ihm alsdann eine geheimnisvolle, überirdische, oder besser gesagt eigentlich, unterirdische, Macht, quasi den Boden unter den Füßen wegzog. Durch den Schwung des Anlaufs schien er für den Bruchteil einer Sekunde waagrecht in der Luft zu liegen, bis schließlich die Schwerkraft sich ihrer Bestimmung erinnerte, und ihn erbarmungslos mit einem Plumps aus etwa einem Meter Höhe wieder der Erde zuführte.

Da lag er nun, der Ngambo, auf dem Rücken, und starrte nachdenklich in den bleigrauen Himmel. Und ja, mag ja sein, vielleicht hatte der Aufprall ein bisschen was durcheinander gebracht in seinem Kopf, jedenfalls rappelte er sich nach einer Weile auf, humpelte nun, wie man bei gesundem Menschenverstand meinen möchte, nicht etwa zurück ins wohlig warme, gemütliche Haus, sondern – unfassbar! – direkt auf den steilsten aller Abhänge zu.

Dort nahm er Aufstellung, stellte draufgängerisch den rechten Fuß in den Abhang, mit dem linken stieß er sich ab, und schon schlitterte er, begünstigt durch seine profillosen Haferlschuhe den Berg hinunter, selbstverständlich nicht ohne noch ein paar kapitale Brezn hinzulegen, die dem Hermann Herminator alle Ehre gemacht hätten.

Aber davon ließ sich der gute Ngambo nicht irritieren, denn in seinem Kopf war tatsächlich etwas passiert, man könnte sagen, etwas in demselben hatte sich entzündet, etwas, das Menschen die tollkühnsten, wagemutigsten und verrücktesten Dinge tun lässt, nämlich, genau, eine Idee.

Durchnässt, durchgefroren, Hose zerrissen, übersät von

zahlreichen Schrammen, aber gewissermaßen illuminiert, zog er sich mit leicht entrücktem Gesichtsausdruck in die Werkstatt von Simon zurück.

Dort stand, eigentlich zur Reparatur bestimmt, nun aber hilflos der Willkür Ngambos ausgeliefert, der Gegenstand seiner Begierde – ein Fass. Dasselbe, anstatt es zu reparieren, zerlegte er vollends, nahm zwei besonders schöne Fassdauben, befestigte etwa in der Mitte zwei Gummibänder, hobelte und schliff die nach außen gebogene Seite spiegelglatt, rieb sie schließlich zwecks Rutschfähigkeit noch mit Seife ein, und war auch schon wieder draußen am Abhang. Dort schlüpfte er in die Gummibänder der Bretter hinein und sauste auch schon mit Karacho den Hang hinunter.

Tja, was soll ich noch viel sagen? Bei meiner Ehr! Dies war die Geburtsstunde der Schie! Natürlich verfeinerte Ngambo so nach und nach diesen Prototyp, bis sie in etwa so aussahen, wie wir sie heute kennen. Nicht lange und er ging in Serie, er eröffnete die erste Schifabrik, wurde ein angesehener, wohlhabender Mann, und so ganz nebenbei der erste Schiabfahrtsweltmeister des alpinen Schisports, was allerdings in Vergessenheit geriet.

So weit die hundertprozentig wahre Begebenheit des Austauschschülers Ngambolele Makelele Omnbuto Kisahsa Ngambosasa aus Mgambinamgambasa und seiner welterobernden Erfindung, den Schiern.

Sollte jemand diese Geschichte anzweifeln oder nicht glauben, dann, ja dann kann ich ihm auch nicht helfen, in den Himmel kommt er trotzdem – vielleicht!

Die sterbende Lerche

Mein Leben war reich. Wenn am Morgen die Sonne aus dem Dampf der Erde tauchte, oder Regen und Sturm das Land peitschte, begrüßte ich den kommenden Tag mit meinem Gesang. Ebenso verabschiedete ich ihn, wenn er niederging und das Land zur Ruhe kam. Gott hat mir das Lied geschenkt. Nie hat es mich verlassen. Weder in den Zeiten der tiefsten Trauer, noch in den Zeiten der überschwänglichsten Freude.

Meine Kindheit war dem Spiel geweiht und meine Jugend war erfüllt von Sehnsucht und der Angst zu kurz zu kommen. Ich war hinterher und posaunte meine Lieder in die Welt hinaus um nur ja nicht überhört zu werden.

Schließlich fand ich einen Gefährten. Gemeinsam sangen wir nun unsere Lieder, sie wurden stiller und gewannen an Intensität, ich brauchte die Welt nicht mehr zu erobern, denn ich hatte meinen Schatz gefunden.

Die Jahre kamen und gingen, die Tage waren ausgefüllt

von der Sorge um die Jungen und den täglichen Aufgaben und Pflichten des Alltags. Es war dies eine anstrengende Zeit und manchmal blickte ich mit Neid auf die anderen, die in den lieben langen Tag hinein zu leben schienen, und deren größte Sorge ihrem Vergnügen galt. Manchmal haderte ich, und wünschte mir die Jugendzeit zurück, weil mir Bequemlichkeit und Vergnügen verlockender erschienen als Verantwortung zu tragen.

Schließlich aber lernte ich, die Pflicht und meinen Willen höher zu schätzen, als meine vermeintlichen Wünsche und erfuhr so Erfüllung und wirkliche Freiheit.

Freiheit meint ja nicht, tun und lassen zu können was man will, sondern echte Freiheit, meint die Freiheit der Entscheidung, meint die Freiheit der Wahl, welchen Weg man einschlagen möchte. Ich hatte gewählt und mich entschieden. Ich war also nun der Steuermann auf dem unruhigen Fluß, den man Leben nennt und die Wahl meines gewählten Weges machte mich stark für die Konsequenzen, die eine Entscheidung natürlich immer mit sich bringt. Das Lied war auch in dieser Zeit immer bei mir, der Zauber seiner geheimnisvollen Melodie ließ mich nie den Glauben an die Dinge verlieren, die alleine wichtig sind und die sich weit hinter unserem Horizont abspielen. Sicher, manchmal wurde die leise, zarte Melodie vom bombastischen Gedröhn einer rekord- und superlativ verrückten Medienwelt überschrien oder vom manipulativen Jahrmarktsgekreische einer alles vereinnahmenden, nimmersatten Werbewelt.

Immer aber setzte sich die Beständigkeit des Liedes durch, sogar, als mir mein Liebstes genommen wurde und ich daran zu zerbrechen drohte. Damals wollte ich selbst sterben, das Leben erschien mir völlig sinnlos und ich verlor und fand meinen Glauben wieder.

Der Schmerz verging nie ganz, aber ich lernte mich in mein Schicksal zu fügen, damit fand ich meinen Frieden, und fand, was ich längst verloren glaubte und was nun heller, klarer und mächtiger als je zuvor in mir tönt, wieder zum Lied, das mir von Gott geschenkt wurde.

Heute bin ich alt, meine Tage sind gezählt, die Stimme versagt mir oft, sodass es mit dem Singen nicht mehr so klappt. Das macht aber nichts, weil die Lieder und Melodien alle in mir sind – ein immerwährendes Orchester. Und wenn ich dereinst zum letzten Mal meine Schwingen ausbreite, zu meinem allerletzten Flug, dann weiß ich, dass die Lieder mich tragen werden, direkt in ein Land, wo die Musik niemals endet, ein Land, das die reine Musik ist.

Ein Mädchen namens Nicole

»Woher kommt das Licht?«, hast du jenen alten Mann einmal gefragt.

»Nirgendwoher sonst, als aus dir selbst«, hatte dieser geantwortet.

Damals hast du das nicht so recht verstanden und leidenschaftlich protestiert, dass doch alles Licht von der Sonne komme – »das haben wir in der Schule gelernt!«, hast du gesagt.

»Da hast du aber gut aufgepasst«, hatte der Alte lächelnd erwidert, »ohne Sonne gäbe es kein Licht, richtig, und ohne Licht kein Leben, da hast du recht. Aber dennoch, vertraue einem alten Mann: alle Sonnen des ganzen Universums wären nicht im Stande auch nur ein bisschen Licht zu schenken, wenn du es nicht zulässt.«

»Und weißt du«, hatte er nachgesetzt, »die Sonne scheint für jedermann, und dennoch wandeln so viele in Dunkelheit.«

Jetzt warst du ein bisschen unruhig auf der Hausbank herumgerutscht, so ohne weiteres wolltest du das nicht auf sich beruhen lassen.

»Aber ... aber wie weiß ich denn nun, ob Licht oder Finsternis in mir ist?«

»Weißt du«, hatte darauf der Alte geantwortet, und dich aus seinen hellblauen, tausendjährigen Augen ganz eindringlich angesehen, »Licht erfährst du nur durch Hingabe, durch Hingabe, und dadurch, dein großes, übermächtiges Selbst zurück- und das deines Nächsten voranzustellen. Gib, und du bist im Recht, Gib vorbehaltlos, gib selbstlos, erwarte nichts, und du wirst wahrhaftes Licht erfahren.«

Das Licht ist der Quell allen Lebens, sagt man. Ohne Licht gäbe es keine Pflanzen, keine Tiere, keine Menschen. Wenn es Licht ist, fühlen wir uns sicher.

Die Wissenschaft hat viel über das Licht herausgefunden, z. B., dass es ungeheuer schnell ist, in der Sekunde legt es dreihunderttausend Kilometer zurück, in einem Jahr, dem sogenannten Lichtjahr 9,5 Billionen Kilometer, das ist eine unvorstellbare Zahl, mit 12 Nullen dahinter. Von der Sonne zur Erde benötigt das Licht achteinhalb Minuten. Licht, so behaupten die Forscher, besteht aus Teilchen, den Photonen, welche in Lichtquellen, z. B. einer Kerze oder einer Leuchtstoffröhre oder auch in der Sonne erzeugt werden. Wer aber, so grübelst du, hat die Lichtquellen derart beschaffen, dass sie selbiges erzeugen und aussenden können?

Natürlich bist auch du den täglichen Anforderungen und Widrigkeiten des Lebens unterworfen. Morgens schrillt der Wecker, raus aus dem Bett, die Pflicht ruft, sie kennt keine Gnade, nur unbedingter Gehorsam kann sie zufrieden stellen. Schnell zwei Brote gestrichen, Kaffee im Stehen, Zähne geputzt, Haare richten, rein in die Kleider, das Auto hat Startschwierigkeiten, stadteinwärts sind die Straßen verstopft, Parkplatzsuche nervenaufreibend, Ärger mit einer Kundschaft, Meinungsverschiedenheit mit dem Vorgesetzten, Telefongeschrill, Erwartungsdruck, ein Manko an Anerkennung, Mittags in der Kantine, Stereotypie des Alltags – Gefangene eines Systems, Sklave der Tretmühle, aber dennoch.

Morgens früh, am Horizont ein Licht.
Ich wünschte mir aus ganzer Kraft, das Licht erhelle mich.

Ich ging drauf los es zu fangen ein,
doch je schneller ich ging, umso schneller es floh.

Mir wurde Angst, mir wurde Bang,
auf dass die Erleuchtung mir entfliehen kann.

So legte ich zu noch einen Tritt,
holte auch auf Schritt um Schritt, doch siehe da:
Grad als ich dachte, ich pack's beim Schopf,
ich hab's geschafft, da fiel die Nacht,

und ich stand in Demut still, in Ehrfurcht still,
in Erkenntnis groß, auf der Erde wohlgewognem Schoß.

Als du noch klein warst, hast du dich manchmal vor der Dunkelheit gefürchtet, dann, wenn du nicht gleich einschlafen konntest, wenn also z. B. die Gutenachtgeschichte, die deine Mama dir erzählt hatte, zu kurz war, oder wenn du in der Nacht aus unerklärlichen Gründen plötzlich aufwachtest. Dann lagst du in deinem Bett und getrautest dich kaum zu atmen oder zu bewegen, du kämpftest dagegen an, aber dennoch … dein ganzes freundliches, in hellen Farben gehaltenes Zimmer mit den vielen Spielsachen erschien dir plötzlich bedrohlich und furchteinflößend, obwohl, oder gerade deswegen, du doch im spärlichen Mondlicht, das durch das Fenster schien, nur dessen Umrisse erkennen konntest.

Da saßen aufgereiht der gemütliche, dicke Teddy Thaddäus, die Stoffpuppe Mimi mit ihren zerzausten Haaren, der zerknautschte Cäsar mit nur noch einem Schlappohr, da war der mürrische Lindwurm Tom und der freche Affe Fips und all die anderen Spielgefährten. Sie alle wirkten plötzlich wie erstarrt, tot gar, und doch wieder so lebendig in deinem Kopf.

Da waren die vielen Bilder an den Wänden, wie Stimmen aus dem Nichts, von Vater und Mutter und Oma und Opa, von deinen Freundinnen und Freunden, von dir selbst. Die Gesichter auf den Bildern schienen auf dich einzureden, dir etwas zuzuflüstern, schienen aus dem Rahmen herauszudrängen, unvermittelt kam dir eine Spukgeschichte in den Sinn, die dir dein größerer Bruder einmal erzählt hatte, ein Gefühl, als bekämst du keine Luft mehr, bemächtigte sich deiner. Schließlich nahmst du all deinen Mut zusammen, stiegst aus dem Bett und tapptest so schnell wie möglich zum Schlafzimmer deiner Eltern. In den Armen deiner Mutter weintest du noch ein bisschen, dann schliefst du ein und erwachtest erst wieder, als das Licht eines neuen Tages durch die Fenster drängte, die Schrecken der Nacht waren vergessen…

Lichtgestalt, Lichtmess, Sonnenlicht, Lampenlicht, Tageslicht, Lichtermeer, Lichterfest, Lichterkette, Fernlicht, Abblendlicht, Standlicht, Friedenslicht, Mondlicht, Grablicht, Lichtreklame, Lichtung, Irrlicht, Lichtstrahl, Nordlicht, Lichtblick, Lichtreflex, Oberlicht, Lichtgeschwindigkeit, Lichtsekunde, Lichtminute, Lichtjahr … Lichtjahre, ja, Lichtjahre, so denkst du, sind viele Menschen davon entfernt von dem, was sie glauben zu brauchen und von dem, was wirklich notwendig wäre.

Was läuft nur verkehrt in dieser Welt?
Wie kann es sein, dass Millionen von Kindern verhungern?
Wie kann es sein, dass der Bruder die Waffe wider den Bruder erhebt?
Wie kann es sein, dass unser aller Lebensraum weiterhin zerstört wird?
Wie kann es sein, dass die Wälder weiterhin abgeholzt werden?

Wie kann es sein, dass die Flüsse vergiftet werden?
Wie kann es sein, dass die Luft, die wir atmen, weiterhin verpestet wird?
Wie kann es sein, dass die Meere leergefischt werden?
Wie kann es sein, dass so viele nicht einmal das Nötigste zum Leben haben, und so wenige so gut wie alles besitzen?

Sind das die schlechten Menschen? Sind das diejenigen, die unseren Planeten auf dem Gewissen haben?

Was ist mit uns? Wie wären wir an derer statt? Könnten wir widerstehen? Könntest du widerstehen? Könntest du widerstehen, wenn ich dir eine Million böte? Eine Million für einen Baum … für einen Fisch … für ein Leben …

Kannst du widerstehen, wenn das neueste Handy auf den Markt kommt, ein neuer Computer, Markenkleidung.

Es geht darum widerstehen zu können. Im Widerstehen könnte Gesundung, könnte die Katharsis liegen.

Dein Fenster stand offen, das Licht brannte in deinem Zimmer, daher kam ein Nachtfalter zu Besuch. Schnurrgerade flog er auf das Licht zu, das doch nur künstlich war; und er tanzte beschwingt um deine Lampe, weil er vermeinte seinen Weg gefunden zu haben.

Er war glücklich, als ihm das Licht die Flügel verbrannte und er tot zu Boden abstürzte, weil seine Suche ihn zum Ziel geführt hatte.

Du erinnerst dich: Durch den Türspalt fällt ein Lichtkegel ins Zimmer, er kriecht über den Boden, über den kleinen Tisch mit den Malstiften hinweg, und fällt auf deine Bettdecke. Ein Lichtkegel Hoffnung im nachtdunklen Zimmer. Hinter der Tür steht Papa, er sieht nach dir, wie jeden Abend. Er schlüpft herein, richtet behutsam die verrutschte Bettdecke und streicht sachte mit seiner großen Hand durch dein Haar, eine Weile blickt er auf dich herab, dann schlüpft er wieder hinaus, die Türe lässt er offen. Alleine damit, mit dem Öffnen der Tür, kann er Hoffnung und Zuversicht schenken – oder nehmen.

Was wünschst du dir vom Leben?

Eine schöne Reise, Glück und Zufriedenheit – und Gesundheit, ein schmissiges Auto, Unabhängigkeit, einen tollen Job, gute Freunde, gutes Aussehen, Erfolg, Sonnenuntergänge, ein schönes Haus, ein Segelboot – naja, eine Yacht, einen schönen Garten, ein Dienstmädchen wäre super, Anerkennung, Respekt, einmal den Opernball besuchen, dinieren mit dem Präsidenten, eine Hauptrolle neben George Clooney, einen eigenen Chauffeur in Livrée, einmal auf der Titelseite vom Time Magazine, den Weltfrieden wünsch ich mir, und dass niemand hungern muss, und dass der Papst Vernunft annimmt, ein Diamantcollier, die Kronjuwelen, eine Kreuzfahrt, eine Rolex, eine Dachwohnung am Montmatre, eine Bleibe in London, ein Landhaus in der Toskana, einen Ausflug ins All, eine Großwildjagd in Afrika, eine Loge in der Met, einen Mondspaziergang, den Stein der Weisen, eine eigene Insel, die Heiligsprechung, das ewige Leben, eine Unterredung mit dem Lieben Gott?

Siehst du?! Der Wunsch hat eine Menge zweifelhafter Kinder. Das Glück aber ist die Bescheidenheit, die sich an kleiner Flamme wärmt.

Vincent van Gogh schrieb einmal in einem seiner zahlreichen Briefe an seinen Bruder Theo: »Es gibt keine noch so große Dunkelheit, als dass sie völlig frei wäre von Licht.«

Du überlegst, ob das stimmt, du bist dir nicht sicher. Geschichten über großes Leid anderer, Zeitungsartikel sonder Zahl, Fernsehberichte kommen dir in den Sinn und lassen an dieser Aussage zweifeln.

Aber dennoch spenden solche Kommentare Trost, Zuversicht und Hoffnung. Umso mehr, als sie von einem stammen, der selbst tiefstes Unglück erfahren hat, der zeitlebens verkannt und angefeindet wurde und sich sein ganzes Leben nach nichts mehr als nach dem Licht der des Angenommenseins, und der Liebe sehnte.

Was du liebst: Sonnenaufgänge, den Duft von Schnee, das Rascheln mit den Füßen im herabgefallenem Herbstlaub, das Grau eines Herbsttages, romantische Liebesgeschichten, heiße Maroni, Simply Red, Cat Stevens, Lasagne, Schweinsbraten mit Stöckelkraut und Knödel, Pizza, Hugh Grant, Johnny Depp, packende Thriller, einen melancholischen Violoncellospieler bei offenem Fenster in lauer Sommernacht, Spaziergänge: am Strand, über Frühlingswiesen, durch tief verschneite Winterlandschaften, dampfenden Punsch, Bilder von Edgar Degas, Herb Ritts, Mensch ärgere dich nicht, Mühle, die züngelnden Flammen eines offenen Feuers, Rachel, Monica, Phoebe, Joey, Chandler und Ross aus der Serie Friends, alte Rüschenkleider, einen festen Händedruck, Vanilleeis, Erdbeeren, am besten beides zusammen, Kerzenlicht, Vogelgezwitscher, Kirchen, alte knorrige Bäume, das Wiegen vom Schilf im Spätsommerwind, einen aufrichtigen Blick, Sonnenuntergänge … ach so vieles, so vieles, und noch vieles mehr.

Wofür entscheidest du dich?
Für die schwarzen oder für die weißen Schuhe?
Für das dunkle oder für das helle Kleid?
Ob du Schneiderin wirst, oder doch lieber Rechtsanwalt, oder gar Künstlerin?
Ob du ausgehst oder zu Hause bleibst?
Ob du mit dem Auto fährst oder zu Fuß gehst?
Ob du gibst oder nimmst?
Ob du Belehrer brauchst oder dir deine eigenen Gedanken machst?
Ob du auf den Tisch haust, oder klein beigibst?
Für den geraden oder den krummen Weg?
Ob du Gutes tust, oder Böses?

Was auch immer du tust, dir obliegt die Freiheit der Entscheidung, Tragödie beginnt auch dort, wo dir Entscheidung – eine der größten Freiheiten überhaupt, vielleicht die Freiheit selbst – genommen wird. Bedenke: So schwer es auch manchmal fällt, und so schmerzhaft es auch manchmal ist. Aber die Freiheit der Entscheidung ist ein Privileg.

Diese Geschichte, die du da einmal gehört hast, hat dir zu denken gegeben, und dich, wenn man es genau nimmt, nie wieder recht los gelassen, von jenem Mann und dessen hochschwangerer Frau, die unter sehr schwierigen Umständen schließlich einem wohlbestallten Knaben das Leben schenkte.

Der Legende nach schienen die Gestirne in jener Nacht auffallend hell, gerade so, als wollte es Tag werden, und, als wäre das nicht schon ungewöhnlich genug, wies ein besonders heller Stern Königen sowohl als einfachen Schafhirten den Weg zur Geburtsstätte des Kindes, wo sie gemeinsam und in Eintracht dem Neugeborenen huldigten.

Seine Eltern gaben dem Knaben einen hebräischen Namen, der soviel wie Erlöser oder Retter bedeutet. Als Jüngling fiel er den Lehrern und Schriftgelehrten durch seine Aufgewecktheit und Verständigkeit auf, und wie vor ihm sein Vater, erlernte auch er das ehrbare Handwerk des Zimmermanns.

Vom Knaben zum Manne gereift, begann er etwa im Alter von dreißig Jahren Jünger um sich zu scharen, zu predigen und seine Lehre zu verkünden. Dreh- und Angelpunkt der

Lehren jenes Mannes, der sich selbst als das Licht dieser Welt bezeichnete, war die Liebe.

Die Geschichte lehrt uns, und die Zukunft wird es sicherlich noch oft bestätigen, dass die Welt voll ist von Irrlichtern. Licht suggeriert Hoffnung, Zuversicht, Hinwendung zum Guten, ein Happy End, gewissermaßen, und dennoch kann es sich um reine Täuschung, um Manipulation handeln.

Zum Beispiel kennen wir aus der Botanik fleischfressende Pflanzen, die sich in ihrer ganzen Pracht präsentieren um ihre Opfer zu ködern. Selbige, verzückt durch deren unwiderstehlichen Glanz, kommen näher, lassen sich nieder, wohl in der Hoffnung auf ein Schäferstündchen, schwupp, schon schnappt die Falle zu – der Preis für einen Blick ins Paradies.

Aber natürlich finden sich nicht nur in der Pflanzenwelt Beispiele für Irr-Lichter. Ein viel breiteres Spielfeld nimmt die Menschheitsgeschichte selbst ein. Man denke nur an die beiden Geschwister Hans und Grete, die orientierungslos, hungrig und durchgefroren, im dichten dunklen Tann herumstolperten, und plötzlich zwischen den ehrwürdigen Stämmen ein Licht durchschimmern sahen. Halleluja, die Rettung naht, Nektar und Ambrosia, mochte es in ihre verzweifelten Köpfe gefahren sein, und sie nahmen die letzten verbliebenen Kräfte zusammen, einer stützte den anderen, richtete ihn auf, wenn einer fiel, schließlich klopften sie an die massive Eichentür, die ihren überreizten Hirnen wie Lebkuchen anmutete, wer öffnete ihnen?! Tja, eine gefräßige, kurzsichtige

Hexe in mittleren Jahren, deren abartige Essgewohnheiten auf saftiges, junges Knabenfleisch abzielte. Spornstreichs sperrte sie Hans in einen Käfig, fütterte ihn gut durch, um ihn fett und kugelrund werden zu lassen. Grete nötigte sie dazu den Haushalt zu machen. Gottlob ging diese Geschichte durch die Findigkeit der beiden Geschwister gut aus, aber wir lernen daraus, dass man wachsam sein sollte. Viele Lichter tummeln sich auf diesem Planeten herum, aber manche führen uns direkt in den Abgrund. Seid also wachsam, vertraut auf das innere Licht.

Was ist mit all den Armen, den Unterdrückten, den Gequälten, den Gefolterten, den Missbrauchten, den Kranken, den Ausgestoßenen, jenen, die nie auch nur den Funken einer Chance im Leben bekommen, was ist mit ihnen? Was ist mit den Menschen in Afghanistan, im Kongo, im Sudan, in Guatemala, was ist mit den Menschen in den Großstadtslums, in den Ghettos, in den Lagern, was ist mit den Indianern, den Aborigines, den Tibetern, mit all den unterdrückten Völkern? Was ist mit all dem Leid, all dem Unrecht, all der Ungerechtigkeit?

Traurig senkte der tausendjährige Greis seinen Blick, »dennoch«, erwiderte er, »das Licht ist nirgendwo sonst als in dir: Wie soll das Licht der Sonne in ein Haus dringen, wenn man die Läden davor geschlossen hält, wenn die Jalousien heruntergelassen, wenn die Vorhänge zugezogen wurden?

Du aber zertrümmere die Läden, kappe die Jalousien, reiß die Vorhänge herunter, lauf in die Welt hinaus, verschwende keine Zeit mit langem Packen, lass dein Licht strahlen, lass es strahlen damit es andere erhellt, denn das Licht, das du schenkst, findet tausendfachen Widerhall, in jedem Lächeln, in jedem festen Händedruck, in jeder Umarmung, in jedem Leuchten von Kinderaugen … es liegt in deiner Hand.

Brief an die Mutter

Na, Mama, was sagst du jetzt? Jetzt hab ich es also endlich geschafft. Da bist du schon stolz, nicht, dass du jetzt so einen berühmten Sohn hast. Aber ich hab dir das immer gesagt, immer hab ich dir das gesagt, dass ich es einmal schaffen werde. Ich wusste von klein auf, dass etwas Besonderes in mir steckt, dass ich nicht zu dieser Herde von Spießbürgern gehöre, dass ich ausersehen bin zu etwas Höherem.

Und sei mal ehrlich Mama, brauchst gar nicht so bescheiden zu sein, du wusstest das auch, zumindest hast du es gespürt. Ja, ich glaube sogar, du erahntest meine Berufung noch bevor sie mir selbst bewusst wurde. Mutterinstinkt nennt man so was, Mutterliebe, ja, nur die Liebe einer Mutter ist fähig, die besonderen Anlagen und Gaben ihres Anbefohlenen zu erkennen.

Weißt du denn nicht mehr Mama, schon als ich klein war, wolltest du nicht, dass ich mit den anderen Kindern spiele.

Damals sagtest du schon, dass ich über denen stünde, dass die Welt eben eingeteilt sei in Herdentiere und Führernaturen, und dass es eben der Preis der Einsamkeit sei, den man zu zahlen habe, wenn man zu diesen Ausersehenen, zu diesen Begnadeten gehöre. Aber, nichtsdestotrotz, sagtest du, muss man dieses Los, diese Bürde annehmen, in Demut und Stolz, immer eingedenk der besonderen Verantwortung, die einem vom Schicksal auferlegt wird.

Ehrlich Mama – heute kann ich es dir ja sagen – damals hab ich schon oft gelitten, und in meinem jugendlichen Unverstand habe ich oft nicht begriffen, dass du mich derart vor der Umwelt abgeschottet hast, dass du so akribisch darauf bedacht warst, mich vor ablenkenden Einflüssen fernzuhalten – ja, damals. Heute weiß ich, wie recht du hattest, wie klug und vorausschauend du doch warst. Wie soll sich denn ein Individuum entwickeln können, bei so vielen schädlichen Einflüssen, denen man tagtäglich ausgesetzt ist? Wie soll denn ein Licht erstrahlen, wenn es nicht zuvor das tiefe Tal der Dunkelheit geschaut hat?

Ja, Mama, das Besondere gedeiht im Stillen, abseits einer marktschreierischen, schrillen, neongeblendeten Welt, das habe ich wohl begriffen. Klausur ist notwendig um das eigene Selbst, die eigenen Bedürfnisse und Wünsche zu erkennen. Nur derjenige, der entbehrt hat, erkennt, was wirklich zählt im Leben. Eine Idee, eine Vision, ein Traum, das ist es, dem sich ein Mann mit all seiner Kraft, seinem Glauben und seiner Liebe hingeben sollte, was sage ich sollte, muss! Und diese Vision, diesen Traum zu verfolgen bis zum letzten Atemzug, bis zum letzten Blutstropfen, wenn es sein muss, das!, und nichts weniger ist es, was das Leben von uns fordert!

Ach Mama, ich verdanke dir soviel! Ohne deine Obhut, ohne deine beständige Fürsorge hätte ich meinen Weg, meine Bestimmung wahrscheinlich nie erkannt, und darum ist dieses ungeheure Werk, zu dem die Vorsehung mich auserkoren hat und dessen Werkzeug ich sein durfte auch zum größten Teil dein Verdienst.

Ja Mama, ich habe die Welt aufhorchen lassen! Du machst dir keine Vorstellung, was für einen Rummel sie um meine Person veranstalten. Journalisten aus aller Welt rutschen auf den Knien und betteln um ein Interview mit mir, die renommiertesten Verlage auf diesem Planeten buhlen um meine Biografie, Hollywood möchte einen Film über mich drehen, der alles bis jetzt da gewesene lächerlich erscheinen lässt, in der Wahl zum Mann des Jahres stehe ich ohne Konkurrenz, manche halten mich sogar für den Messias.

Ja, Mutter, was ich getan habe wird die Regierenden und Mächtigen dieser Welt zum Umdenken zwingen. Meine Taten waren notwendig, um die tauben Ohren einer selbstherrlichen, ignoranten Machthaberschaft zu öffnen und auf unsere Anliegen, unsere Sache aufmerksam zu machen.

Du weißt, Mutter, ich beweine jedes einzelne dieser Opfer, die durch meine Attentate ihr Leben lassen mussten, und glaube mir, es vergeht kein Tag, an dem ich, genau wie du, nicht für sie bete. Aber ihre Opfer waren unvermeidlich, sie waren notwendig und sinnvoll, sie sind nicht umsonst gestorben! Ihr Tod macht sie zu Märtyrern für unsere heilige Sache, und Mutter!, dessen bin ich gewiss, sie werden Gefallen finden in den Augen des Allmächtigen!

Dein dich innigst liebender Sohn.

Vincent

Weshalb leben wir, wie wir leben, weshalb machen wir, was wir machen? Ist es uns bestimmt? Folgen wir einer Neigung, ist unser Leben Zufall, sind wir Opfer unserer Umwelt, oder aber sind besondere Umstände für den Weg verantwortlich, den wir gehen wollen, oder den wir glauben gehen zu wollen? Wir wissen es nicht, trotzdem…

London, im Sommer 1873

Der junge Mann war gerade befördert worden. Ein tüchtiger Bursche, zurückhaltend, gefällig und dadurch um so überzeugender, mit beiden Beinen fest am Erdboden, die besten Voraussetzungen für eine gediegene Karriere, zumal in einem so sensiblen Bereich wie dem Kunsthandel. Goupils & Cie. hatten einen guten Griff getan, den jungen Mann in die Londoner Filiale zu versetzen, er erwies sich als äußerst geschickt im Umgang mit der distinguierten Londoner Gesellschaft und auffallend erfolgreich im Verkauf von Reproduktionen. Sein Aufstieg vom zweiten in das dritte Zimmer – gewissermaßen den hohen Tempel, den sakrosankten Bezirk des Kunsthauses, der Ort, an dem die wirklich großen Fische an Land gezogen wurden, schien nur eine Frage der Zeit.

Natürlich, auch dem jungen Mann kam die Beförderung und die damit verbundene Gehaltserhöhung sehr zupass – plante er doch zu heiraten. Eine Ehe würde die Krönung seines Glücks darstellen. Mit Ursula an seiner Seite, das wusste er, würde ihm nichts mehr unmöglich sein. Er würde Erfolg haben, grenzenlosen Erfolg – für sie.

London hatte ihm Glück gebracht, nur ein Jahr, und schon im zweiten Zimmer von Goupils. Auch die Kollegen, die Kundschaft, den Respekt, das Wohlwollen, das sie ihm entgegenbrachten, aber wichtiger als all das – Ursula! Er fühlte sich sofort angezogen von ihr. Seit er bei ihrer Mutter wegen des Zimmers vorstellig geworden war. Er fühlte damals schon die dunklen, forschenden Augen abschätzend auf sich gerichtet. Konnte später, bei ihren Gesprächen kaum seine Augen von ihrem Mund losreißen, der stets zu einem Lachen aufgelegt schien, besonders, wenn sie von ihren »poupons« sprach. Ihren Kindern, wie sie sie scherzhaft nannte, und die sie im hauseigenen Kindergarten betreute.

Ja, er liebte sie, und, dessen war er sich sicher, Ursula liebte ihn ebenfalls, das hatte ihm die Vertrautheit ihrer Gespräche bewiesen, der wohlwollende Gesichtsausdruck ihres fein geschwungenen, ovalen Gesichts, wenn er sie, inmitten ihrer poupons im Gartenhaus besuchte.

Jetzt, so dachte er, war die Zeit reif, reif für einen Antrag. »Liebes Fräulein Ursula«, würde er sagen. »Sehen Sie, beruflich mache ich mich recht gut – nach nur einem Jahr schon im Zwischenstock von Goupils, und ich glaube, dass Sie schon lange spüren, wie sehr ich Sie liebe, Ursula, mein sehnlichster Wunsch wäre, dass Sie meine Frau werden…«

Ja, genau so würde er zu ihr sprechen, wenn er nur nicht so ein schwerfälliger, niederländischer Klotz wäre. Aber es gab kein Zurück, er musste sein Glück beim Schopf packen. Gleich nach dem Abendessen würde er Ursula bitten ihn zu einem Vier-Augen-Gespräch ins Gartenhaus zu begleiten.

Die Pein, der Schmerz kam in Wellen. Das Sie-sind-ein-rotköpfiger-Narr hallte in seinen Ohren. Nie hätte er gedacht, dass ein so anmutiges Gesicht sich verzerren kann zu einer Fratze aus Abscheu, Ekel und Herablassung. Ursula hatte ihn von sich gestossen, hatte ihm ihre Verachtung ins Gesicht geschrien, als er versuchte sie zu küssen. Kein Mitgefühl, kein Verständnis war in diesem Gesicht zu finden, nur die blanke Arroganz und Geringschätzung.

Vincent war die ganze Nacht durch die Straßen von London geirrt, er konnte nicht begreifen, wo es nichts zu verstehen gab, die nächsten Tage erschien er abgerissen, verstört und mit fiebrig glänzenden Augen an seinem Arbeitsplatz, erregte in der Folge stets Ärger bei seinen Vorgesetzten und den Kunden. Sein Schmerz machte ihn unduldsam für eine, wie er vermeinte, satte, selbstgefällige Gesellschaft und öffnete andererseits sein Herz für die sozial Schwachen und Unterdrückten. Die einst so vielversprechende Karriere endete schließlich mit der Kündigung Vincents. In der Folge arbeitet er als Gehilfe in einer Buchhandlung, als Hilfslehrer, Hilfsprediger und Laienprediger, und scheiterte bis er am Tiefpunkt seines Lebens endlich den Weg zur Malerei findet.

Vincent ist 27 Jahre alt, ihm bleiben noch zehn Jahre. Als hätte er diese kurze Zeitspanne vorausgeahnt, entstehen etwa 1700 Bilder, Zeichnungen und Skizzen. Er malt wie ein Besessener, bleibt aber auch hier zeitlebens erfolglos, gemieden und verkannt. Am 27. Juli 1890 geht Vincent aus und schießt sich mit einer Pistole in die Brust. Zwei Tage später stirbt er in Auvers im Cafè Ravoux, seiner letzten Unterkunft, in den Armen seines Bruders Theo, der ihn all die Jahre über ermutigt und unterstützt hatte.

Mit Vincent Willem van Gogh wurde eine der tragischsten Figuren der Kunstwelt zu Grabe getragen, und doch, wie wäre sein Leben wohl verlaufen, hätte einstmals in London 1873, in jenem Häuschen in Clapham jene Ursula Loyer seinen Antrag angenommen und ihn widergeliebt.

War sie der Auslöser für seinen Weg, für sein Schicksal? Wir wissen es nicht.

Vincent liegt in Auvers begraben, neben ihm sein Bruder Theo, der ihn nur wenige Monate überlebte, und der versuchte hatte, ihm all die Liebe und Zuneigung zu geben, nach der Vincent sich andernorts Zeit seines Lebens vergeblich sehnte.

Der Bluff

Du sitzt in deinem Sessel vor dem großen Fenster, das zum Garten rausgeht. Tagein, tagaus starrst du aus dem Fenster, aus dem Fenster auf den Pavillon, flankiert von einer mächtigen Trauerweide, deren Zweige sich grazil im zarten Wind wiegen. Manchmal löst sich ein Blatt von einem der Zweige und fällt pirouettenschlagend, durchaus vergnügt, auf das geschwungene, pagodenähnliche Dach des Pavillons oder auf das schon stumpfe Gras darunter – es ist Spätsommer. Im Gartenhaus steht eine bequem bepolsterte, jedoch von Wind und Wetter ausgebleichte, großzügige, nun jedoch verwaiste Sitzgruppe.

In der warmen Jahreszeit war der Pavillon der bevorzugte Lieblingsplatz deiner Frau. Ein Ort des Friedens und der Einkehr, des fruchtbaren Schaffens ebenso wie der heiteren Geselligkeit. Hier schrieb sie Briefe, ihr Tagebuch, verfasste Kolumnen für verschiedene Modemagazine, empfing Besuche, und bestritt, »gar nicht ladylike«, wie du lächelnd befandest, die eine oder andere Pokerpartie. Sie war eine begeisterte, allerdings mittelmäßige Spielerin, konnte aber trotzdem auf der Habenseite verbuchen, was allerdings, genaugenommen, zu einem gut Teil ihrem Charme zuzuschreiben war. Die Einsätze waren meist nicht allzu hoch, was die vorwiegend männlichen Kontrahenten dazu verleitete, ihre Aufmerksamkeit weniger dem Spiel, als vielmehr der Gastgeberin zu schenken.

Manchmal erhebst du dich aus deinem Stuhl, die alltäglichen Forderungen des Lebens nötigen dich dazu. Toilette, Nahrungsaufnahme, knappe, meist telefonische Rücksprache mit der Geschäftsleitung deiner Firma, und ebenso knappe, wiewohl präzise Anweisungen für Frau Martens, deine Aufwartefrau, die dreimal die Woche vorbeikommt.

Zeitlebens war dir das wichtig, Planung, Organisation und Reglement. Problemstellung und als unabkömmliche Voraussetzungen für dein inneres Wohlbefinden, dessen Lösung. Ein Mann der eisernen Disziplin, sowie der kompromisslosen Gewohnheit, daran hatte sich nichts geändert, trotz allem.

Dann und wann ließest du dich überreden an einem dieser Pokerabende teilzunehmen und obwohl du dir nicht viel aus diesem Spiel machtest, trugst du meist den Pott nach Hause. Deine Leidenschafts- und Emotionslosigkeit, gepaart mit deiner Ernsthaftigkeit und Disziplin, dazu die Leichtigkeit des Unbefangenen, des Unbedarften, dem gar nicht daran gelegen ist zu siegen, prädestinierten dich geradezu für dieses Spiel. Je mehr du siegtest, desto mehr forderten deine Kontrahenten, dass du mitspieltest.

Du hast das nicht begriffen, damals, nicht begriffen, dass es gar nicht um Poker ging, sondern darum dich zu demütigen, dich lächerlich zu machen. Wie naiv! Der erfolgreiche Firmeneigentümer und gewiefte Geschäftsmann, dazu seine begehrenswerte Frau – und kann Freund von Feind nicht unterscheiden. Wer immer siegt, schafft sich eine unbarmherzige Opposition, außerdem sind Siegertypen Provokateure, sie erinnern permanent an die eigene Unzulänglichkeit. Hast du das nicht kapiert? Wie einfältig! Warst du zu selbstverliebt, zu sehr von dir eingenommen, als dass du begriffen hättest, dass der Neid sich immer ein Tor sucht, das er aufstoßen kann, um sich schadlos zu halten? Hast du nie von Heinrich Heine gehört? Heinrich behauptete, dass Mitleid der Blutsverwandte echter Liebe sei, vielleicht sogar die Liebe selbst. Mit dir aber konnte man kein Mitleid haben, du warst zu souverän. Der, der danach trachtet, über den Dingen zu stehen, nötigt seine Häscher geradezu ihn hinunterzustoßen.

»Du bist immer so beherrscht«, sagte deine Frau einmal zu dir, »immer so beherrscht.«

»Das scheint nur so«, entgegnetest du scheinbar leichthin, und, wie um ihr das Gegenteil zu beweisen, fingst du langsam an ihre Bluse aufzuknöpfen, eine Hand schobst du unter ihr Höschen, du zerrtest ihr die Kleider vom Leib und vögeltest sie durch das ganze Zimmer. Frau Martens, die sich gerade im Haus aufhielt und nichts ahnend den Kopf zur Tür hereinsteckte, und ihn angewidert gleich wieder zurückzog, hast du gar nicht bemerkt.

»Na, wirklich so beherrscht?«, hauchtest du nachher selbstgefällig und kokett ins Ohr deiner Frau. Sie schenkte dir nur ein rätselhaftes Mona-Lisa- Lächeln, das du nicht zu deuten wusstest, und anstatt der ersehnten Linderung hatte sie durch ihr Schweigen den Stachel nur noch tiefer in dein Herz getrieben. Was war schlecht daran beherrscht zu sein? Bisher hattest du das immer für einen Vorzug gehalten, so wie dich deine Frau aber darauf angesprochen hatte, klang es fast, als nehme sie Anstoß daran.

»Was stört dich eigentlich an beherrschten Menschen?«, fragtest du sie.

»Sie beunruhigen mich«, antwortete sie, »sie halten sich für unfehlbar und sind nicht imstande, Schwächen oder Mängel zu tolerieren, sie sind hart zu anderen, weil sie hart zu sich selbst sind. Kurz und gut, sie verursachen Druck, weil sie von anderen erwarten genauso selbstkontrolliert zu sein wie sie.«

»Übe ich denn Druck auf dich aus?«, fragtest du erschrocken, fast flehend, in der Hoffnung auf Widerspruch.

»Aber natürlich nicht«, erwiderte deine Frau leichthin, »aber natürlich nicht«, und setzte dabei wieder dieses mysteriöse Lächeln auf.

TOD IM TV- SESSEL

»Vor einem laufendem Fernsehgerät entdeckten Polizisten

in New York die mumifizierte Leiche eines Mannes. Der Mann war zu diesem Zeitpunkt bereits mehr als ein Jahr tot.«

Beim Durchblättern der Tageszeitung bist du einmal auf diese Meldung gestoßen. Jetzt, wo du in deinem Sessel sitzt, kommt sie dir wieder in den Sinn. Wie lange hatte der Mann wohl noch ferngesehen, bevor er gestorben war? Was er wohl zuletzt gesehen hatte? Wie war er überhaupt gestorben? Herzinfarkt? Gehirnschlag? Selbstmord?

Der Mann war, dem Bericht zufolge, sitzend vorgefunden worden, nicht etwa verkrümmt auf dem Boden liegend, wie man es sich zum Beispiel nach einem Herzanfall vorstellen könnte. Ja, wahrscheinlich Selbstmord, oder vielmehr Tod durch Einsamkeit, Tod durch Hoffnungslosigkeit, hm …, stirbt die Hoffnung, stirbt der Mensch …, stirbt die, wie ließ sich überhaupt feststellen, wie lange so ein Gerät schon lief? Anhand des der Todesdauer des Mannes? Dass ein Fernseher solange lief! Ein Jahr lang, 365 Tage, Stunde um Stunde. Der Mann war sicher Schwarzseher, umsonst lassen diese Hyänen einen diesen Müll nicht solange konsumieren.

Was dieser Typ wohl für ein Mensch war? Ob er viel gevögelt hat – in seinen guten Zeiten? Setzt sich einfach seelenruhig hin, knallt sich die resignierte Birne mit Pillen voll, und ab die Post, Vorhang zu, Ende der armseligen Vorstellung. Sechs Milliarden Menschen auf diesem vermüllten Planeten, und kein Schwanz registriert den Abgang dieses Schwachkopfs, auch wieder ein Privileg, in gewisser Weise. Wie lange es wohl dauert, wenn man Schlafpulver schluckt? Wie stirbt man da überhaupt, schläft das Herz ein? Träumt man? Vielleicht Alpträume?! Grauenhafte Vorstellung, Alpträume, und man kann nicht aufwachen.

Frau Martens wusste Bescheid, war im Bilde, von Anfang an, da bist du dir sicher. Du hast sie oft beobachtet. Frau Martens, die Geheimnisvolle, die Unnahbare, die ungewöhnlichste Putzfrau, die dir je begegnet war, mit ihrem geilen Arsch, hat kaum je ein Wort an dich verschwendet, dich nur hochmütig angeblickt, wenn du ihr Instruktionen erteilt hast. Putzfrau und das Gehabe einer Aristokratin, diese Fotze, gehörte einmal ordentlich durchgebumst, wie alle Weiber, dann werden sie handzahm, dann fressen sie einem aus der Hand. Ihre Arbeit macht sie hervorragend, nach wie vor, tut als wäre nichts geschehen, kreuzt drei Vormittage die Woche pünktlich um halb acht auf, wedelt dir mit ihrem Mopp unter der Nase herum, wechselt das kaum benutzte Bettlacken, putzt die Fenster, lüftet. Dass du sie dabei von deinem Sessel aus beobachtest, scheint sie nicht im Geringsten zu stören.

Kontrolle, absolute Kontrolle, beziehungsweise Beherrschung seiner selbst, das und die Fähigkeit der Konzentration auf das Ziel, das ist es, was den erfolgreichen Pokerspieler, den sogenannten erfolgreichen Menschen ausmacht.

»Spielen Sie Poker?«, hast du Frau Martens einmal gefragt.

»Nein, tut mir leid, damit kann ich nicht dienen«, hatte sie erwidert und dabei fragend die Stirne gekräuselt.

Was war das nur für eine seltsame Allianz zwischen deiner Frau und dieser Schlampe Martens, was hatten sie nur getuschelt, damals, als du von einer längeren Geschäftsreise zurückkehrtest, und die beiden zufällig im Pavillon überraschtest, augenscheinlich vertieft in beträchtliche Gespräche? Dieses Vertrauensverhältnis zwischen Elisabeth und eurer Angestellten war dir bis dahin gar nicht bewusst, aber um ein solches musste es sich gehandelt haben, denn deine Frau hatte in Gegenwart von Frau Martens geweint, da bist du dir ganz sicher. Natürlich, sie hatte schnell, mit fahrigen Bewegungen, die Tränen aus den Augen gewischt, und ließ dem gequälten Gesichtsausdruck augenblicklich einen, wie dir schien übertrieben glücklichen, etwas hysterischen folgen. Und dennoch waren da Tränen, und als merkte Elisabeth dein Misstrauen und wollte es zerstreuen, klammerte sie sich wie eine Ertrinkende an dich und beteuerte, wie sehr du ihr gefehlt hättest.

Du Tor, du dummer, eingebildeter, selbstherrlicher Tor, glaubtest du denn wirklich, das waren Tränen der Wiedersehensfreude, Tränen der Sehnsucht, Sehnsucht nach dir? Wie naiv muss denn ein Mensch sein zu glauben, Ehre, Treue und Zuneigung hätten einen höheren Wert als dreißig Silberlinge? Dachtest du wirklich, deine Frau säße zu Hause, strickend, beschürzt und Kuchen backend, Heimchen am Herd, sich verzehrend nach dir, die Tage, die Stunden zählend bis du wiederkommst? Sie?! Emanzipiert, selbstbewusst, auffallend attraktiv. Du Ignorant! Hast du denn diese unverschämten, mit einem letzten Rest von Anstand nur schlecht verborgenen, lüsternen Blicke dieser Schleimer nicht bemerkt? Deren Begehrlichkeiten nicht erahnt? Nicht begriffen, dass deren Spatzenhirn längst unter die Gürtellinie gerutscht war, dahin, wo es bei den meisten Männern sitzt, wenn sie sich einer schönen Frau gegenübersehen – im Schwanz! Wo war dein Hirn? Dachtest du wirklich, du seiest so ein famoser Pokerspieler? Hier wurde ein anderes Spiel gespielt, mein Lieber, und der Pott waren nicht die paar lumpigen Scheinchen im Topf, der Pott war deine Frau! Zerkugelt werden sie sich haben über dich, über diesen Narren, der seine Alte anhimmelt, nur Augen für sie hat und trotzdem nicht bemerkt, wie ihm Hörner aufgesetzt werden. Liebe macht blind, fürwahr, und taub dazu, zumindest in deinem Fall! Dabei gab es Anzeichen, Symptome, ungewöhnliche Verhaltensweisen deiner Frau, die bei sorgfältiger Beobachtung durchaus auf ein Fehlverhalten Elisabeths hinwiesen. Ihre erhöhte Gereiztheit zum Beispiel, die ungewöhnlichen Stimmungsschwankungen, wie jene im Pavillon, eine bis dahin nicht registrierte Empfindlichkeit und Fahrigkeit, alles Hinweise auf ein schlechtes Gewissen. Auch gewisse körperliche, verräterische Merkmale waren dir entgangen, die Schatten unter den Augen Elisabeths, der Gewichtsverlust, eine angedeutete Hohlwangigkeit, alles Indizien eines ausschweifenden, liederlichen Lebenswandels und diese Martens hatte dies alles gedeckt, wie abgebrüht musste dieses Luder sein.

Liebe ist, wenn du für mich eine ganze Blutwurst verspeist, mit Sauerkraut, Röstkartoffeln und einer Riesenportion Senf dazu. Liebe ist, wenn du für mich ein ganzes Frauenmagazin von vorne bis hinten durchliest. Liebe ist ... kannst du dich noch erinnern, wie ihr herumgealbert habt, damals, in dieser Gebirgshütte, die du über ein verlängertes Wochenende angemietet hattest? Ihr ward auf der gemütlichen Couch gelegen, im Holzofen ächzten schwere Buchenscheite und ihr habt dieses kindische Spiel gespielt. Demnach wollte deine Frau für dich Blutwurst essen, Autoreifen wechseln, zum Boxen gehen, vier Wochen auf ihre heilige Dusche verzichten (worauf du dann allerdings doch nicht bestandest), und noch etliches mehr um dir ihre Liebe zu beweisen. Und du? Du wolltest sie auf Händen tragen, immer, etwas anderes wäre für dich nicht infrage gekommen, selbst wenn du dafür ein Abo auf alle Frauenmagazine der Welt hättest abschließen müssen (worauf aber dann auch Elisabeth kulanterweise verzichtete).

Ja, du hast sie geliebt, wie man einen Menschen nur lieben kann, und du liebst sie immer noch, keine Sekunde in der du nicht erfüllt bist von ihr, keine Sekunde in der deine Gedanken nicht um sie kreisen. Was war nur geschehen?

Manchmal kommen dir diese Ureinwohner in den Sinn, die irgendwo in den unendlichen Steppen Australiens oder Afrikas leben. Wenn sie es an der Zeit befinden, dann ziehen sie sich einfach in irgendeinen Busch zurück, kauern sich auf den Boden, warten, schwinden ... unglaublich. Darüber hast du nachgedacht, ob es dir möglich wäre, einfach sitzen zu bleiben in deinem Stuhl, der viel bequemer ist als ein australischer Busch, sitzen bleiben, warten, schwinden..., vielleicht solltest du den Fernseher anmachen. Du könntest in der Firma deponieren, dass du ein paar Tage nicht erreichbar bist, kein Problem, und Frau Martens, Frau Martens verfügt über einen wachen Verstand, bei ihr würde es nicht so leicht sein, man musste aufpassen, ihr Misstrauen nicht zu wecken, ihr einfach aus heiterem Himmel zu sagen sie brauche eine Weile nicht zu kommen, oder ihr gar zu kündigen würde sie nicht so ohne weiteres akzeptieren, dass würde ihr aufsässiges, von Minderwertigkeitskomplexen verbohrtes Emanzenhirn zur Revolution aufrufen. Wahrscheinlich würde sie gleich mit irgendwelchen Gewerkschaftsfritzen antanzen und von Kündigungsschutz und Mobbing und Diskriminierung und diesem ganzen Schwachsinn daherfaseln. Nein, klüger würde es sein sie zu ersuchen, einige Tage frei zu nehmen, und ihr irgendetwas von Zeit und Ruhe für sich selbst und Aufarbeitung und diesen Quatsch zu erzählen. Das würde sie auch missbilligen, aber es würde ihre Mutterinstinkte ansprechen, und über solche Instinkte musste sie doch verfügen, als Mutter zweier schulpflichtiger Kinder. Jede Frau verfügt über Mutterinstinkte, Bewerkstelligung des Überlebens der eigenen Art, naturgegeben, gottgegeben, sogar einer Festung wie Frau Martens.

»Tut mir schrecklich leid«, hatte Dr. Oister gesagt, der fünfte oder sechste konsultierte Urologe, und eine anerkannte Kapazität auf seinem Gebiet, »tut mir leid, aber ich kann die Diagnose der Herrn Kollegen leider nur bestätigen. Sie leiden unter Infertilität, hervorgerufen durch eine sogenannte genetisch bedingte Azoospermie, was soviel bedeutet, dass Sie keine Spermien bilden können und damit nicht in der Lage sind, Kinder zu zeugen, tut mir wirklich schrecklich leid.«

»Aber es muss doch in unserer modernen Zeit eine Möglichkeit geben, diesen Defekt zu beheben!«, hattest du leidenschaftlich eingewandt.

»Wie gesagt«, hatte Dr. Oister entgegnet, »wie gesagt, es ist genetisch bedingt, eine Degeneration der Hodenkanälchen, in diesem sensiblen Bereich, selbst der modernen Medizin sind Grenzen gesetzt.«

Damals habt ihr oft die Möglichkeit einer Adoption erwogen. Deine Frau wollte unbedingt Kinder, du auch, darüber ward ihr euch einig. Für Elisabeth war eine Welt zusammengebrochen, für dich auch, eine junge gesunde, vitale Frau, voller Ideale, ein halber Mann, herausgefallen aus der Illusion, direkt in die Realität. Eine junge Frau, ein Mann, der ihr jeden Wunsch von den Augen abliest, und ihr den sehnlichsten und natürlichsten, den Mutterwunsch, nicht erfüllen kann. Elisabeth hatte dich getröstet, ihre Liebe zu dir erneut bekräftigt, und wie aus Trotz auf ein ungerechtes Schicksal, und als könne sie dasselbe trotz unumstößlicher Tatsachen, allein durch ihren Willen zwingen, einen anderen Verlauf zu nehmen, animierte sie dich oft zum Sex, und bei jeder Ejakulation hattest du das Gefühl, mit Platzpatronen zu schießen.

Aber war da trotz aller Beteuerungen nicht manchmal, in sich unbeobachtet geglaubten Momenten, eine flüchtige Traurigkeit in ihren Augen? Nein, nicht nur Traurigkeit, auch

Geringschätzung, Aversion sogar, und umso mehr sich häufend, desto öfter sie gegen Windmühlen ritt? War da nicht ein bitterer Zug um ihren Mund, eine Resignation in Mimik und Gestik, und weshalb wohl war sie dem Thema Adoption plötzlich ausgewichen?

Der begabte Pokerspieler weiß, wann er seine Kontrahenten in der Tasche hat.

Das war es also, darüber hatte sich Elisabeth bei Frau Martens im Pavillon also Luft gemacht, von Frau zu Frau, von Möchtegern-Mutter zu richtiger Mutter gewissermaßen, ihren brennenden Wunsch nach einem Kind, nach einem eigenen, leiblichen Kind, und deinem Unvermögen, ihr diesen zu erfüllen. Was für ein Verrat, was für ein schändlicher Verrat von einem Menschen, für den man sogar bereit gewesen wäre, das eigene Leben zu opfern. Und wie absurd, wie unglaublich naiv und absurd, Glaube an wahre Liebe, an Aufrichtigkeit und hehere Werte, wenn doch alle Welt nur ihre Selbstsucht lebt. Was jetzt wohl vorgeht in Elisabeth, ob sie glücklich ist? Keine Schuldgefühle, alles verdrängt, vergessen, als wäre nichts gewesen? Das zaghafte Kennenlernen, der erste Kuss, die Herbstspaziergänge, das Strahlen der Augen, das in den deinen seinen Widerhall fand? Geht das? Kann ein Mensch einfach so mir nichts dir nichts dies vergessen und die Vergangenheit abstreifen? Ist dies das geeignete Fundament, auf dem man eine neue Zukunft baut?

Man merkt jetzt die Tage schon, sie werden kürzer, gottlob. Zeitlebens liebtest du die Nacht mehr als den Tag. Eine leichte Brise ist aufgekommen und bläht die Zweige der Trauerweide, manchmal löst sich ein Blatt von einem der Zweige und fällt pirouettenschlagend, durchaus vergnügt auf das pagodenähnliche Dach des Pavillons oder das schon stumpf gewordene Gras darunter, der Sommer neigt sich dem Ende zu, wie eben alles sich dem Ende zuneigt. Anfang, Ende, dazwischen viel Lärm um wenig. Bleibt die Frage der Wesentlichkeit: Religiosität, Spiritualität, Glaube, vermutlich, der liebe Gott muss um seinen Arbeitsplatz fürchten.

Du erhebst dich aus deinem Sessel, in dem du die Nacht zugebracht hast. Du hast von ihr geträumt, von Elisabeth, ihr voller Mund hat dich angelacht, so unbeschwert, so glücklich, ihre Augen strahlten, die ungebährde Lockenflut scharwenzelte um ihr Gesicht, du strecktest die Hände nach ihr aus sie zu haschen, zu fassen, und dann nie mehr loszulassen, bis ans Ende eurer Tage. Aber sie wich zurück vor dir, langsam, aber kontinuierlich, immer weiter und weiter, und sukzessive erlosch das Lächeln, die frischen Gesichtszüge fielen ein, wurden welk und grau, die strahlenden Augen trüb und glasig, und strähnig und stumpf die Locken, und mit dem Zurückweichen Elisabeths drängte zugleich ein anderes Gesicht immer mehr in den Vordergrund, ein selbstherrliches, von Missgunst verzerrtes, herrisches Gesicht. Es war das Antlitz von Frau Martens.

Irgendwann müssen die Karten auf den Tisch, alles klärt sich, alles wird offenbar und man ist bass erstaunt darüber, dass man so konsequent ignorierte, was einem seine Instinkte so konsequent zuflüsterten: Frau Martens trieb ein falsches Spiel! Sie war der böse Geist im Hintergrund, die Anstifterin, die Einsagerin, der bösartige Sämann, der den verfluchten Samen in den dürstenden Boden legte.

Alles steht nun klar vor deinem Auge, die beiden Frauen im Pavillon im vertrauten Gespräch, die Herablassung und Verachtung, der Hohn und die Schadenfreude in den Augen deines Dienstboten.

Der Sommer hat noch einmal sein Festtagsgewand angezogen, ein leichter Dunstschleier liegt über dem Garten, Blätter fallen wie von weit ... wir alle fallen ... diese Hand da ...

Du hörst das Drehen des Schlüssels an der Haustür. Das übliche steife »Guten Morgen« von Frau Martens, das forsche Abstellen ihrer Handtasche, bevor sie sich im Abstellraum daran macht, ihr Arbeitsgerät vorzubereiten. Frau Martens bemerkte nicht, dass du ihr gefolgt warst, dass du nun unmittelbar hinter ihr stehst. Als sie sich umdreht, treffen sich kurz eure Blicke, dann packst du mit aller Kraft zu, und drückst das Leben aus ihrem Körper.

»Sie hat Sie geliebt..., sie hat Sie geliebt..., Sie Dreckskerl«, krächzt Frau Martens entsetzt, der Druck deiner Hände lockert sich.

»Was sagen Sie da...?!«

»Ihre Frau hat Sie geliebt«, keucht sie, »sie ist in einer Privatklinik auf dem Land, Krebs, Nierenkrebs im Endstadium, sie wollte unter keinen Umständen, dass Sie ihren Verfall miterleben müssen.«

Vor einigen Tagen hast du Elisabeth begraben, die letzten Wochen bist du keine Minute mehr von ihrer Seite gewichen. Manchmal, in ihren guten Momenten, musstest du ihr vorlesen, Pablo Neruda, wie damals in eurer ersten, kleinen, gemeinsamen Mansardenwohnung: »Immer werden wir einzig sein. Immer nur du und ich. Alleine auf der Erde, um das Leben zu beginnen«

Das letzte Abendmahl

Während des Mahls nahm er das Brot und sprach den Lobpreis, dann brach er es und reichte es seinen Jüngern mit den Worten: »Nehmt und esset alle davon, denn dies ist mein Leib, der für euch und für alle hingegeben wird.« Dasselbe tat er mit dem Wein.

Ein bescheidenes Mahl, das Jesus und seine Jünger da einnahmen. Brot und Wein, nicht mehr. Ein Stück Brot brechen, Dank sagen, es in den Mund führen, es sorgsam kauen und schmecken. Wir behandeln diese Dinge mit zu wenig Respekt, mit zu wenig Ehrfurcht, sie sind uns selbstverständlich. Übervolle Schüsseln lassen uns den Wert eines Weizenkorns vergessen. Dabei offenbart Jesus selbst uns dessen Wert: »Dies ist mein Leib, der für Euch…«, und den Wert eines einzigen Becher Weins: »Dies ist mein Blut…«

Unmäßigkeit ist die Vergewaltigung der Dinge um ihren Wert.

Früher huldigte ich auch der Völlerei, der Genusssucht, ich wurde niemals satt, ich wurde zum Gefangenen, mehr noch, zum Opfer meiner vermeintlichen Wünsche und Begierden. Erst sehr spät begriff ich, dass Heil und Seelenfrieden niemals im Zuviel, sondern immer im Wenigen, im Maßvollen zu finden sind. Großes Leid brachte ich über Menschen und auch über mich, bevor mir klar wurde, dass meine Maßlosigkeit die eigentliche Ursache daran war. Wer verabsäumt seinen Begierden Zügel anzulegen, dem galoppieren sie davon.

Heute werde ich mein Abendmahl mit einem Freund teilen. Brot und Wein, genau wie Jesus seinerzeit, nicht mehr. Er wird das Brot segnen, ebenso den Wein. Wir kennen einander schon lange. Er wird spät kommen, aber er wird mich durch diese Nacht geleiten. Er wird bei mir sein, so wie er all die letzten Jahre bei mir war – er und Gott.

Nach dem Mahl gingen sie zum Ölberg hinaus. Da sagte Jesus zu ihnen: »Ihr alle werdet in dieser Nacht Anstoß an mir nehmen und mich verleugnen.« Sie alle protestierten und widersprachen vehement.

Auch mich hat man verleugnet. Jene, die mich einst kannten und sich in guten Zeiten lauthals meine Freunde nannten, haben sich längst abgewandt von mir, und ich würde ebenso getan haben. Nur Gott ist treu und kann vergeben, demjenigen, der aus tiefstem Herzen bereut.

Er kam mit seinen Jüngern zu einem Grundstück, das man Getsemani nannte. Er sagte zu ihnen: Meine Seele ist zu Tode betrübt. Bleibt hier und wacht mit mir! Und er ging ein Stück weiter, warf sich zu Boden und betete: Mein Vater, wenn es möglich ist, dann lass diesen Kelch an mir vorübergehen. Aber nicht, wie ich will, sondern wie du willst, soll es geschehen. Und er ging zu den Jüngern zurück und fand sie schlafend. Noch zweimal wiederholte sich derselbe Vorgang.

Wohl dem, der jemanden hat, der bei ihm wacht, in den Stunden der Finsternis, denn er spendet Trost und Beistand in der bittersten Not. Mein Freund wird da sein und bei mir wachen, er wird nicht müde werden und schlafen, er lässt mich nicht alleine auf meinem schwersten Weg. und dennoch, wenn es möglich ist, Herr …, aber nicht, wie ich will, sondern wie du willst …

Und die Schergen kamen, sie packten ihn, sie verhöhnten und geiselten ihn, dann brachten sie ihn an einen Ort, den man Golgata nannte, und schlugen ihn unter dem Beifall des Mobs ans Kreuz. Zur Rechten und zur Linken Jesu kreuzigte man auch zwei Verbrecher, der eine verspottete und verhöhnte Jesus, der andere aber wies jenen zurecht: »Dieser hier hat nichts Unrechtes getan. Uns aber geschieht recht, wir erhalten den Lohn für unsere Taten«. Dann sagte er: »Jesus, denk an mich, wenn du in dein Reich kommst.«

Jesus antwortete ihm: »Amen, ich sage dir: Heute noch wirst du mit mir im Paradies sein …«

Auszug aus einem Bericht der Los Angeles Daily News vom 21. April 2005:

Heute gegen vier Uhr morgens Ortszeit wurde John Mansfield mit der Giftspritze hingerichtet. Mansfield, der Betreiber mehrere diverser Vergnügungslokale war, wurde des äußerst brutalen Mordes an einer seiner Angestellten für schuldig befunden und zum Tode verurteilt. In den mehr als acht Jahren, die er in der Todeszelle saß, fand Mansfield, eigenen Aussagen nach, zu einem tiefen Glauben und den Weg zu Gott. Er bedaure aus tiefstem Herzen seine Tat und hoffe aufrichtig, dass mit der Vollstreckung des Urteils der iridischen Gerechtigkeit Genüge getan werde und die Hinterbliebenen seines Opfers Frieden finden mögen (…)

Peter O`Donnel, der geistliche Seelsorger des Delinquenten, erklärte, dass Mansfield bis zum Schluss äußerst gefasst gewirkt habe. Zusammen hätten sie ein leichtes Abendmahl zu sich genommen – nur Brot und Wein, und dann die Zeit bis zur Exekution mit dem Evangelium des Lukas und im Gebet verbracht. Gegen 4 Uhr fünfzehn habe Mansfield die Augen für immer geschlossen.

Erwachen

…weißt du noch, dieser kleine See? Wie die Abendsonne auf seinem Wasser glitzerte und du ganz fasziniert das Funkeln und Gleißen auf seinen kleinen Wellen beobachtetest, wie sie sich keck in der leichten Brise kräuselten. Wir saßen an seinem Ufer und streckten die Füße ins kühle Nass. Du erzähltest mir von den Impressionisten des 19. Jahrhunderts, von Monet und Renoir und von Georges Seurat, und natürlich von Van Gogh, der aber eigentlich gar kein Impressionist war. Van Gogh hatte behauptet, dass es keine noch so große Dunkelheit gäbe, die völlig frei von jeglichem Licht wäre – hast du mir gesagt. Also, ich glaube er hat recht, weißt du, auch wenn es sicherlich als Metapher gemeint war, er hat damit die Hoffnung gemeint, nicht? Oder eigentlich den Glauben, den Glauben, dieses innere Licht, das, so denke ich, in jedem von uns ist, das oft aber erst großer Kummer zu entzünden vermag. Du meintest, du könnest verstehen, weshalb diese Maler so fasziniert waren vom Licht. »Du brauchst nur diesen See zu betrachten ...«, sagtest du.

Denk nur, was Flori gestern wieder angestellt hat! Keine fünf Sekunden lass ich ihn aus den Augen, um den Topf mit den Kartoffeln von der Herdplatte zu nehmen, was tut er? Klettert auf den Wohnzimmertisch und schmeißt die blaugemusterte Blumenvase runter! Du weißt schon, die, die uns Tante Gertrud zur Einstandsfeier geschenkt hat! Na ja, dir hat sie sowieso nie besonders gefallen, aber weiß der Himmel, wie er da wieder raufgekommen ist. Wenn man ihm so zuschaut, könnte man wirklich meinen, der Mensch stammt vom Affen ab, wo der überall herum klettert, mit seinen fünfzehn Monaten. »Ganz der Papa«, hat Mutter gesagt, du warst auch so rührig, so aufgedreht, wie unter Strom, nichts war sicher vor dir, und wenn dir etwas nicht durchgegangen ist, hast du gleich furchtbaren Rabauz gemacht, da siehst du's wieder: der Apfel fällt nicht weit vom Stamm, hm, wem eigentlich immer diese ganzen Sprichwörter einfallen, also ich käme nie auf so was. Von Robert soll ich dir übrigens schöne Grüße ausrichten, kommt übermorgen vorbei – stell dir vor, er hat endlich eine neue Freundin, im Französischkurs kennengelernt, schwebt im siebenten Himmel. Rosa heißt sie, eine Kindergärtnerin, er will sie mir demnächst vorstellen, hm, vielleicht ist es diesmal was Ernstes, wär schön, ich glaube, Robert sehnt sich nach etwas Ernstem, auch wenn er es nicht so direkt sagt, aber ich seh ihm das an. Ich bemerke es an der Art, wie er von Rosa spricht, am Glanz in seinen Augen, der versteckten Hoffnung in seiner Stimme.

Aber ihr Männer seid ja so stolz, nie sagt ihr, was ihr wirklich fühlt oder was euch bedrückt, immer glaubt ihr, ihr müsst so stark sein, und denkt dann vielleicht auch noch uns Frauen imponiert das. Versteh ich nicht, als hättet ihr Angst euch eine Blöße zu geben! Für mich ist das eher Schwäche, nicht sagen zu können, was in einem vorgeht. Ist doch nichts dabei, für seine Gefühle braucht man sich doch nicht zu schämen. Aber vielleicht muss das so sein, vielleicht ist es gerade das, was wir an euch so lieben – große Buben, die glauben, die Welt in die Knie zwingen zu können.

Zu Hause ist soweit alles in Ordnung, einen dicken Kuss vom Zwetschki. Gestern war sie bei Klara zum Geburtstagsfest eingeladen – sieben Mädels, na! Ich bin nur froh, dass sie so gerne in den Kindergarten geht. Sie plappert oft von dir, ich sag ihr dann, dass du bald wieder nach Hause kommst, dass sie ein wenig Geduld haben muss. Gestern hat sie sich an mich gekuschelt und gesagt, ich soll nicht traurig sein – ach, sie ist ein so großartiges, kleines Persönchen.

Opa und Oma geht's auch gut, die meiste Zeit werken sie im Garten. Neulich hat Opa zu mir gesagt: »Gärtnern ist der Sex des Alters.« Find ich echt witzig. Oma hat darauf geantwortet: »Na, wenn du da auch mal so aktiv gewesen wärst« – die beiden…, aber du solltest den Garten sehen, ein richtiges Blumenmeer, alles wächst und blüht und gedeiht, Oma hat schon Ribisel und Erdbeermarmelade eingekocht, sie meint, dass das heuer ein super Obst- Jahr wird. Ich bin so froh, dass die beiden im Haus sind – nicht nur wegen der Kinder, ich kann's nicht genau erklären, aber irgendwie erfüllen mich die zwei mit Dankbarkeit, mit Dankbarkeit dem Leben gegenüber. Ich weiß ja, dass das vielleicht komisch klingt, aber es liegt, glaube ich, an ihrer Art, an ihrer Art das Leben anzunehmen. Sie strahlen so eine Güte aus, so eine Zuversicht, so eine Bereitschaft sich ins scheinbar Unabänderliche zu fügen, ohne dabei den Humor zu verlieren oder zu resignieren. Es ist, als würden sie fern am Horizont ein Licht sehen, ja, lach mich nicht aus, aber manchmal ist mir als könnte ich dieses Licht selber sehen. Vielleicht kann das Leben einen zerbrechen, vielleicht ist es aber auch nur der Mangel an Vertrauen ins Leben, der uns verzweifeln lässt.

Weißt du noch, deine kleine Wohnung, im dritten Stock, in diesem wunderbaren alten Gründerzeithaus? Die Treppen waren so steil, dass man fast eine Bergführerausbildung brauchte, um bis zu dir vorzudringen, dass da nie jemand runtergefallen ist… Unfassbar, wie du und Richard es geschafft habt, das Pianino da hinauf zu schaffen. Hm, ich musste dir immer Stücke von Simon & Garfunkel vorspielen, »Bridge over Troubled Water« oder »Sound of Silence« und dieses »Mandy« und »Down Town«, ich weiß gar nicht mehr, von wem diese Stücke sind. Wenn wir nächsten Tag frei hatten, haben wir manchmal bis fünf Uhr morgens musiziert, Wahnsinn, niemanden hat's gestört, manchmal sind wir raus auf den Balkon und haben den Sonnenaufgang betrachtet, mitgekriegt, wie langsam das Leben in unserer kleinen Stadt erwachte. Ach, ich habe diese Wohnung geliebt, dieser unglaubliche Blick, die hohen Räume, der Stuck, die alten Parkettböden, die bei jedem Schritt quietschten und knarzten, und die Sitzbadewanne hinter dem Vorhang in der Küche, in die wir uns beide reinquetschten und uns Gedichte von Rilke und Weinheber vorlasen.

»... ach manchmal bin ich so verzweifelt, so verzweifelt!«, schluchzte Barbara in einer jähen, sich aller Beherrschung entledigenden Gefühlsaufwallung, und ihre Augen füllten sich mit dicken, schweren Tränen, einer Flut von Tränen aus Hoffnung und Verzweiflung, und die Finger ihrer beider Hände fassten abrupt die schlaffe, alabasterfarbene, ausgezehrte Hand ihres Mannes, rissen sie hoch von seinem Krankenbett, drückten sie an ihre Wange, drückten sie schluchzend an ihre Lippen.

Barbara konnte später keine exakte Angabe darüber machen, wann sie eines Vibrierens, eines Zitterns, eines leichten Drucks in der Hand ihres Mannes gewahr wurde, aber es war, als erfülle sie in diesem Moment das Glück einer Geburt, alles Glück, dessen ein Mensch überhaupt teilhaftig werden kann.

Mord im Cafe

Seine Frau stand bleich in einer Ecke des Büros. Vor ihr baute sich ein Beamter in Mütze und Lederjacke auf, als wolle er sie vor dem weiteren Anblick des Toten bewahren. Sie hatte die Leiche selbst entdeckt und in der Folge die Polizei gerufen. Auf die in angemessenem und mitfühlendem Ton gestellten Fragen der Beamten antwortete sie, wie nicht anders zu erwarten, etwas geistesabwesend, wie aus weiter Ferne.

»Ich bin Rosemarie Holzinger. Ich bin die Frau des Toten.«

Die Leiche hatte sie gegen zwei Uhr morgens gefunden. Sie war misstrauisch geworden, weil ihr Mann um diese Zeit immer noch nicht zu Hause war. Nach mehrmaligen Telefonanrufen bei denen niemand abgehoben hatte, hatte sie sich schließlich auf den Weg ins Geschäft gemacht und ihn im Büro entdeckt.

Wie Frau Holzinger einem gewissen Inspektor Feichtinger von der Kriminalpolizei stockend erklärte, fuhr ihr Mann manchmal zwischen 22 und 22 Uhr dreißig noch einmal ins Geschäft, um die Tageslosungen seiner Kellner entgegen zu nehmen und Kassa zu machen. Gewöhnlich war er um spätestens 24 Uhr wieder zu Hause.

Frau Holzinger sprach fast tonlos, so als rede sie zu sich selbst. Inspektor Feichtinger erfuhr von ihr, dass sie und ihr Mann das Kaffeehaus seit zehn Jahren führten, dass es eine gute Zeit war und dass sie nicht wüsste wie es jetzt weitergehen sollte.

Der Betrieb beschäftigte insgesamt sieben Angestellte, davon vier im Service und drei in der Küche, in der Hauptsaison wurde aufgestockt. Gestern Abend hatten laut Aussage Frau Holzingers ein gewisser Hans Wagner im Service und Helga Pressl in der Küche Schlussdienst, was soviel hieß, als dass Helga Pressl das Lokal wahrscheinlich etwas nach 21Uhr verließ und der Kellner Hans Wagner zwischen 22 Uhr 30 und 23 Uhr. Um 22Uhr war Sperrstunde. Nach diesen vorläufigen Informationen schickte Feichtinger Frau Holzinger sanft und in Begleitung eines Beamten nach Hause. Er selbst ließ sich vom Gerichtsmediziner über Todesursache und Zeitpunkt des Todes aufklären.

»Also, der Tod dürfte so zwischen 23 und 24 Uhr eingetreten sein. Verursacht wurde er vermutlich durch einen wuchtigen Schlag gegen den Schädel – der Wunde nach zu schließen irgendein stumpfer Gegenstand.«

»Haben wir die Tatwaffe?«, erkundigte sich Feichtinger bei einem seiner Kollegen.

»Bis jetzt keine Spur davon.«

»Was könnte das für ein Gegenstand gewesen sein?«, fragte er den Arzt.

»Keine Ahnung, vielleicht ein Nudelholz, oder ein Briefbeschwerer, wie man das in Fernsehkrimis gerne sieht.«

»Hmm«, machte Feichtinger und zwirbelte an einer seiner Augenbrauen.

Er ging vom Büro in die anschließende Küche, hielt kurz inne, und ging dann weiter ins eigentliche Cafe bei dessen Anblick man sich ein wenig ins Wien des beginnenden 20. Jahrhunderts versetzt fühlte. Kleine Kaffeehaustischchen, geschwungene Kleiderständer, an einer Ablage Dutzende von Tageszeitungen und Illustrierten, ein altes Piano, die Büste eines Monarchen. Das Cafe hatte außer dem Haupteingang noch zwei weitere Eingänge, die auf eine Terrasse mit Blick auf die Promenade und den dahinterliegenden See hinausging.

Nettes Plätzchen, überlegte Feichtinger und drückte zuerst die Klinke der einen und dann der anderen Tür – beide waren verschlossen. Nachdem kein Fenster eingeschlagen war und auch sonst keine Anzeichen auf ein gewaltsames Eindringen hindeuteten, mußte der Täter wohl durch den Haupteingang gekommen sein oder er war noch im Lokal, vielleicht ein später Gast?! Er probierte noch einmal die beiden Türen, kein Zweifel, die waren dicht. Irgendetwas irritierte ihn, er kam nur nicht dahinter, was es war. Nachdenklich ging er ins Büro zurück.

»Können wir sie abservieren?«, fragte ihn einer der Rettungsleute, mit blondem Borstenschnitt und deutete in Richtung der Leiche.

Feichtinger nickte. Furchtbar diese jungen Leute, dachte er. Er selbst war fünfunddreißig.

Es war fünf Uhr morgens, als er nach Hause kam. Um acht musste er im Büro sein. Er betrachtete sein übernächtigtes Gesicht im Spiegel. Zweieinviertel Stunden Schlaf. Er legte sich hin. Als der Wecker rasselte, hatte er das Gefühl, gar nicht geschlafen zu haben. Zum Frühstück trank er, um den Magen nicht zu beleidigen, ungezuckerten Grüntee und aß drei Scheiben Toast, mit Marmelade bestrichen. Schließlich fuhr er ins Büro. Lagebesprechung. Dann machte er sich mit seinem Kollegen Wolf Berger auf den Weg zu Frau Holzinger.

Sie hatte Ringe unter den Augen, und ihr Gesicht war sehr bleich. Sie musste eine schlimme Nacht hinter sich haben, trotzdem wirkte sie gefasst. Feichtinger versuchte so behutsam wie möglich vorzugehen.

»Sagen Sie, Frau Holzinger, schien Ihnen Ihr Mann in der letzten Zeit irgendwie verändert, ich meine, wirkte er nervös, kurz angebunden, oder war er reizbarer als sonst?«

»Nicht mehr oder weniger als sonst auch. Eigentlich war er immer sehr ausgeglichen, bedächtig, kein Mensch, der Stress verursacht. Er meinte immer, in einem hektischen Gewerbe wie dem unseren sei es wichtig, dass man kühlen Kopf bewahrt.«

Feichtinger nickte zustimmend. Er wusste wovon Frau Holzinger sprach. Ein Onkel von ihm hatte ein gutgehendes Wirtshaus, und manchmal half er da an den Wochenenden aus.

»Wie war eigentlich das Betriebsklima in Ihrer Firma?«, meldete sich Wolf Berger.

»Normal würde ich sagen, ich meine, wir sind ein kleiner Betrieb, sieben Angestellte, alles recht familiär. Sicher, manchmal gab es Reibereien, Meinungsverschiedenheiten, nichts Gravierendes.«

»Was waren das für Meinungsverschiedenheiten?«

»Mein Gott, das Übliche, mehr Gehalt, weniger Wochenenddienste, solche Dinge eben, die ewig gleichen Probleme in diesem Gewerbe.«

»Aber Sie waren mit dem Personal zufrieden?«

»Ja, durchaus! Ich glaube auch die Angestellten waren zufrieden, außer dem Lehrling sind alle schon mehrere Jahre bei uns.«

»Frau Holzinger«, schaltete sich Feichtinger, der die Wirtin aufmerksam beobachtet hatte, wieder ein.

»Wie war das eigentlich gestern Abend, als sie ins Cafe gefahren waren. Durch welchen Eingang sind sie da gekommen? Ich meine, war es der Haupteingang oder einer der beiden seeseitigen Eingänge?«

»Durch den Haupteingang.«

»Mhm, und war da abgesperrt, oder war die Türe offen?«

Frau Holzinger zögerte kurz.

»A-abgesperrt«, antwortete sie schließlich.

»Wer hat eigentlich alles einen Schlüssel für das Cafe?«

»Na ja, natürlich mein Mann, ich, dann die Kellner, außer dem Lehrling, zwei von der Küche und die Putzfrau.«

»Also acht Personen?«

»Ja.«

»Frau Holzinger, Sie sagten heute Nacht, dass ein gewisser...«, Berger blätterte in seinem Notizblock, »dass ein gewisser Herr Wagner Schlussdienst hatte?«

»Ja?«

»Er müsste also der letzte gewesen sein, der ihren Mann lebend gesehen hat?«

»Ja.«

»Frau Holzinger, was glauben Sie: Wer könnte einen Grund gehabt haben, ihren Mann zu ermorden?«

»Ich habe keine Ahnung.«

»Was hältst du von ihr?« fragte Berger Feichtinger, als sie im Auto unterwegs zum Kaffeehaus waren. »Von wem?«

»Von Pamela Anderson.«

»Genau meine Kragenweite!«

»Witzbold! Nein, im Ernst?«

»Ich weiß nicht«, meinte er, »sie wirkte sehr beherrscht.«

»Hast du bemerkt, wie sie zögerte, als du sie gefragt hast, ob die Eingangstür offen oder verschlossen war?«

»Mhm«, machte Feichtinger nachdenklich, »jedenfalls

eins wissen wir jetzt: Der Mörder musste im Besitz eines Schlüssels sein.«

»Klar, wie hätte er sonst reingekonnt!«

»Na ja, Reinkommen wäre vielleicht nicht so ein Problem gewesen. Holzinger hätte ihn selbst reinlassen können. Aber der Mörder hat einen Fehler gemacht: Er hat die Tür nach der Tat abgeschlossen – er hatte also einen Schlüssel! Von Holzinger konnte er ihn aber nicht haben, weil der hatte den seinen bei sich…! Also?«

»Also kommen letztlich nur sieben Personen für die Tat in Frage!«

»Hundert Punkte!«

Als die beiden im Cafe ankamen, standen einige Neugierige vor der Eingangstür, die von einem Beamten in Uniform bewacht wurde. Ein Kollege Feichtingers war gerade dabei den Kellnerlehrling, der seinen Dienst wie üblich um neun Uhr antreten wollte, zu vernehmen.

Jemand von der Spurensicherung – Spürhunde, wie Feichtinger sie gerne bezeichnete, teilte ihm mit, dass die Mordwaffe immer noch nicht aufgetaucht sei. Feichtinger stand vor einem Fenster und starrte auf den See hinaus, der leicht bewegt war.

»Wo würdest du die Mordwaffe verschwinden lassen?«, fragte er Berger.

»Na ja, vielleicht im See?«

»Ich, ehrlich gesagt, auch.«

»Sagen Sie, dürfte ich mich an der Kaffeemaschine bedienen?«, fragte er den Kellner, der ihn etwas verstört anblickte.

»Ich bin Inspektor Feichtinger.«

»Selbstverständlich, mein Herr«, antwortete er etwas unterwürfig, ganz nach Vorschrift.

»Italienisches Model«, erläuterte Feichtinger fachmännisch und drückte sich einen doppelten Espresso kurz.

»Auch einen?«, fragte er Berger.

»Bitte gerne, Herr Ober.«

»Ich denke, wir werden uns dann auf den Weg zu diesem Wagner machen. Kollege Höllwirth kann uns ja dann im Büro Bericht erstatten.«

Als die beiden das Cafe verließen, standen sie noch eine Weile vor dem unruhigen See. Ein einsames Segelboot zog eine elegante Schleife.

»Der konnte es wohl gar nicht mehr erwarten«, meinte Berger.

»Ja, noch verdammt kalt zum Segeln.«

»Na ja, aber der Grog schmeckt dann umso besser.«

Feichtinger schmunzelte.

»Was meinst du«, sagte er, »ob der Mörder wohl hier irgendwo die Tatwaffe reingeschmissen hat?«

»Möglich«, sagte Berger, » hoffentlich hat er keinen Stein benutzt...«

»Den Stein der Weisen«, erwiderte Feichtinger nachdenklich.

Hans Wagner wohnte mit seiner Freundin in einer Wohnanlage, etwa fünfzehn Minuten von seinem Arbeitsplatz entfernt, in einem der Nachbarorte. Er war bereits von seiner Chefin, Frau Holzinger, über das Unglück informiert worden.

Wagner schien betroffen. »Ich versteh das gar nicht«, meinte er. »Als ich gestern Abend das Cafe verließ, war er noch quicklebendig, und heute ist er tot.« Er schüttelte den Kopf, so als wollte er mit Nachdruck demonstrieren, wie unbegreiflich und tragisch das Leben doch sein konnte.

»Haben Sie denn schon einen Verdacht?«, fragte er die beiden Beamten geschäftig und bot ihnen einen Platz an.

»Vielleicht«, erwiderte Feichtinger vielsagend und musterte aufmerksam Wagners Gesicht, gleichzeitig spürte er den überraschten Blick Bergers auf sich ruhen.

»Ah so?«, sagte Wagner und räusperte sich.

»Herr Wagner« ,begann Feichtinger gedehnt, »erzählen Sie uns doch einmal ganz genau, was gestern Abend passierte.«

»Na ja, da gibt's nicht viel zu erzählen. Es war nicht viel los gestern. Herr Holzinger kam so gegen 22 Uhr, das machte er öfter mal, wenn noch etwas im Büro zu erledigen war. Ich hatte gerade angefangen abzukassieren, sauberzumachen, wie üblich um diese Zeit. Um halb elf war ich fertig, dann lieferte ich die Tageslosung beim Chef ab und ging nach Hause.«

»Kam Ihnen Herr Holzinger irgendwie anders vor als sonst, schien er Ihnen aufgeregt oder nervös zu sein?«

»Kann ich eigentlich nicht sagen, ich meine, wir haben nicht sehr viel miteinander gesprochen. Er hat sich nur kurz über den Geschäftsgang am Abend erkundigt und dann ist er ins Büro gegangen.«

»Wie war das mit den Eingangstüren, haben Sie die verschlossen?«

»Ja«

»Alle?«

»Ja, Herr Holzinger wollte immer dass man ihn einschließt, wenn er noch im Geschäft zu tun hatte.«

»Sagen Sie, wie war eigentlich Herr Holzinger, ich meine als Chef?«

»Na ja, er war ganz in Ordnung. Wissen Sie, man konnte mit ihm reden. Er war ein eher ruhiger Typ, der einem wenigstens zuhörte, manchmal vielleicht ein wenig stur, aber alles in allem hatte man das Gefühl, dass man ihm nicht ganz egal war, soetwas findet man selten im Gastgewerbe.«

Wagner hielt kurz inne, dann fuhr er fort: »Wissen Sie, seine Frau war da ganz anders, irgendwie harscher, autoritärer. Ihr wäre es egal, wenn ich morgen kündigen würde. Ich hatte überhaupt immer das Gefühl, dass sie sich nicht besonders viel aus ihren Angestellten macht, außer vielleicht aus Armin, meinem Kollegen, der hatte einen goldenen Hintern bei ihr, wenn Sie wissen, was ich meine!?«

»Nein, ehrlich gesagt nicht«, sagte Feichtinger, der hellhörig geworden war.

»Na ja, zum Beispiel spielte es keine Rolle, wenn er mal

zu spät kam, oder dann die Dienstpläne! Ich weiß nicht wie oft er am Wochenende frei hatte. Wenn ich oder Sabine mal anfragten, war das immer ein Riesenproblem! Dasselbe mit Urlaub. Bei Armin war das nie eine Schwierigkeit, bei uns immer!«

»War also Frau Holzinger für die Dienstleinteilung zuständig?«, fragte Berger.

»Genau, sie war mehr oder weniger die Geschäftsführerin und Herr Holzinger erledigte den administrativen Teil, den Bürokram.«

»Herr Wagner, als Sie gestern außer Dienst gingen – um 22 Uhr 30 – sind Sie da gleich nach Hause gefahren?«

»Nein, ich hab noch kurz in Harrys Pub reingeschaut, einen Kaffee getrunken, und bin dann heimgefahren. Ich war um ungefähr viertel nach elf zu Hause, meine Freundin kann das bestätigen.«

»Wo ist ihre Freundin jetzt?«

»Sie arbeitet.«

»Adresse?«

»Degenfellnerstraße 5, Firma Bruckner. Sie arbeitet im Büro.«

»Und dieses Pub?«

»Harrys Pub? Gleich die zweite Querstraße links von unserem Lokal. Fragen Sie nach Franz, dem Kellner, der müsste sich eigentlich an mich erinnern können.«

»Gut, Herr Wagner, das war`s fürs Erste, möglicherweise taucht noch die eine oder andere Frage auf.«

Die Herren erhoben sich. Berger warf noch einen flüchtigen Blick durch die Wohnung, dic einen recht luxuriösen Eindruck auf ihn machte. Lebt nicht schlecht, dachte er. Dann machten sie sich auf den Weg ins Büro. Am Nachmittag wollten sie noch diesen Pichler und Helga Pressl, die Köchin aufsuchen.

Feichtinger wohnte in einer Mansarde im dritten Stock in Untermiete. Er hatte einen schönen Blick über die Dächer der Stadt, und manchmal rückte er seinen Lieblingsstuhl vor die Balkontür und starrte hinaus. Er behauptete immer, das beflügle seine Gedanken.

Im selben Raum, der mit Bildern aller Art – von der Landschaft bis zum Portrait – übersät war, stand ein elektronisches Klavier. Wenn seine Freundin bei ihm übernachtete, musste sie ihm immer darauf vorspielen, meist schmalzige Nummern aus den siebziger Jahren, denen er dann mit geschlossenen Augen lauschte. Oft verlor er sich dabei in Erinnerungen an seine Kindheit, an seine Jugendzeit, die sehr glücklich gewesen war, manchmal nickte er über diesen Betrachtungen auch ein wenig ein.

Diesen Abend war er allein, nur er und seine Gedanken. Er holte sich ein Bier aus dem Kühlschrank, setzte sich in einen Fauteuil und streckte die Beine von sich. Eine Weile sah er fern – Actionfilm! – schaltete wieder aus, und überließ sich schließlich seinen Gedanken, die wie selbstverständlich zu seinem aktuellen Fall wanderten.

Er ließ den Tag Revue passieren. Seine Kollegen Berger, Höllwirth, und er selbst, hatten die Angestellten des Cafes vernommen. Die meisten von ihnen hatten ein mehr oder weniger zweifelhaftes Alibi. Bis auf Hans Wagner, dessen Freundin seine Aussage bestätigte, wonach er um 23 Uhr zu Hause gewesen sei und Hermine Löffler, der Putzfrau, deren Mann ihre Aussage bestätigte, konnte theoretisch jeder der anderen Angestellten Holzinger ermordet haben. Das heißt, alle diejenigen, die im Besitz eines Schlüssels waren – fünf weitere Personen also. Natürlich war nicht auszuschließen, dass das Alibi von Wagner und Löffler nicht stimmte, dass ihre Partner falsch ausgesagt hatten, und natürlich war auch nicht völlig auszuschließen, dass jemand anderes Holzinger ermordete – vielleicht besaß noch jemand einen Schlüssel, von dem Feichtinger nichts wusste. Grundsätzlich ging er aber von sieben potentiellen Tätern aus. Jeder von ihnen hätte mehr oder weniger Gelegenheit gehabt Holzinger zu ermorden – auch Frau Holzinger!

So weit, so einfach, aber wo war das Motiv? Keine Tat ohne Motiv! Einzig von Wagner hatte er eine Aussage, die Spekulationen zuließ: »Armin hatte einen goldenen Hintern bei Frau Holzinger«, sagte er, »er konnte sich alles erlauben…«

Was, wenn hinter der Gunst Frau Holzingers gegenüber Armin Pichler mehr steckte als bloße Sympathie? Pichler war ein fescher Bursch, dunkelhaarig, brauner Teint, ebenmäßige Gesichtszüge, davon abgesehen verfügte er über ein smartes Wesen, und – so zumindest war Feichtingers Eindruck – Pichler schien erstens berechnend zu sein, und zweitens waren ihm seine äußeren Vorzüge durchaus bewusst. Wahrscheinlich würde er nicht zögern diese Vorzüge einzusetzen, sobald er einen Vorteil witterte. Seine exponierte Stellung in der Firma bewies das ja auch. Was sein Alibi betraf war die Suppe ebenso dünn wie bei den anderen, eigentlich hatte er gar keins. Seiner Aussage nach hatte er zur Tatzeit ferngesehen. Außerdem berief er sich darauf, dass er nicht gewusst haben konnte, dass Holzinger zu dieser Zeit noch im Büro war. Ein Einwand, den Feichtinger tatsächlich nicht von der Hand weisen konnte. Wer immer Holzinger umbrachte, der hatte entweder auf ihn gewartet, oder er wurde von jemand anderem informiert.

Was ihm auch zu schaffen machte, war die Tatsache, dass bis jetzt keine Mordwaffe gefunden wurde. Wahrscheinlich ein stumpfer Gegenstand, hatte der Arzt gesagt. Das konnte alles Mögliche gewesen sein, auch ein Stein, der jetzt vielleicht im See lag, andererseits, wer läuft schon mit einem Stein in der Hosentasche herum.

Feichtinger nahm einen kräftigen Schluck von seinem Bier. Weshalb wurde Holzinger ermordet? Aus Habsucht, aus Gier, aus Eifersucht? War es vorsätzlicher Mord oder handelte der Täter im Affekt? Sieben Menschen, sieben Verdächtige. Einer unter ihnen hatte aller Wahrscheinlichkeit nach Beträchtliches zu verbergen – er war ein Mörder.

Inspektor Feichtinger wusste, dass diese ersten Befragungen bloß als eine Art Ouvertüre anzusehen waren. Nun galt es tiefer zu gehen, den Lack abzukratzen, gewissermaßen in die Privatsphäre der Verdächtigen einzudringen und die Wahrheit, die ja nur selten an der Oberfläche liegt, freizulegen, sichtbar zu machen.

Noch hatte er nicht viel, bloß einen Tipp, eine Anregung, nicht einmal als Verdächtigung hervorgebracht, einfach so dahingesagt, wie man halt etwas erzählt. Trotzdem würde er dieser Anregung nachgehen – irgendwo musste er schließlich ansetzen! Er würde das Eheleben der Holzingers durchleuchten, ihre Verhältnisse und die ihrer Angestellten erkunden, soziales Umfeld, Gewohnheiten und Vorlieben erforschen. Er würde viele unangenehme Fragen stellen, und der wenig schmeichelhaften Titulierung »Schnüffler« voll und ganz entsprechen.

Feichtinger trank den Rest seines Biers, richtete sich ein Schinkenbrot her, aß eine Tomate dazu, ausnahmsweise gestattete er sich noch ein Bier. Während er kaute, las er die Zeitung. Später vertiefte er sich noch in ein Buch – eine Biographie über Michelangelo – schließlich ging er zu Bett. Während er wach lag, versuchte er sich ganz intensiv auf seinen Fall zu konzentrieren, das diente ihm einerseits dazu, den Schlaf herbeizuführen, und andererseits, wie Feichtinger sich ausdrückte, wollte er so seinen allwissenden, inneren Menschen aktivieren. Nach dem Aufwachen – so behauptete er zumindest – habe ihm diese Technik schon oft erstaunliche Ergebnisse geliefert. Tja, ein wenig ein Phantast war er schon, der Herr Inspektor Feichtinger.

»Wie war Ihre Ehe, Frau Holzinger?«

»Wie meinen Sie das?«, fragte sie verblüfft.

»Na ja, ich meine, war es eine glückliche Verbindung, oder…?«

Frau Holzinger atmete tief durch, die Verärgerung über diese Frage war ihr deutlich anzusehen.

»Ich würde sagen, es war eine ganz normale Ehe, mit Höhen und Tiefen, wie jede andere auch, immerhin waren wir fünfzehn Jahre verheiratet, klar, dass es da auch hin und wieder zu Reibereien kommt, speziell, wenn man miteinander arbeitet.«

»Wie geht's jetzt mit dem Geschäft weiter?«

»Na ja, erstmal schließen wir vierzehn Tage, dann werde ich versuchen, es alleine weiterzuführen, was sollte ich auch sonst machen? Natürlich ist es keine leichte Situation, alleine, noch dazu für eine Frau, aber wie gesagt, ich wüsste nicht was ich sonst machen sollte.«

»Sie sind doch jetzt alleinige Eigentümerin des Cafes. Sie könnten es verkaufen oder verpachten«

»Sicher könnte ich das…«, sagte sie nachdenklich und sah dabei Feichtinger forschend an, nicht ganz sicher, ob das eben eine Anspielung war.

Sie ist aalglatt, sie lässt mich anrennen, dachte er und fuhr dann fort: »Um noch einmal auf Ihre Angestellten zu kommen, gab es da jemanden, zu dem Sie ein Nahverhältnis pflegten, jemanden, der Ihnen besonders am Herzen lag?«

»Also eigentlich waren mein Mann und ich immer bestrebt, alle gleich zu behandeln, es sollte niemand übervorteilt oder benachteiligt werden. Sicher, der eine liegt einem mehr, der andere weniger, aber letztlich misst man seine Angestellten daran, wie sie sich im Geschäft machen, ob sie freundlich zu den Gästen sind, ob sie ehrlich sind usw.«

»Und es gab nie Probleme?«

»Nein, ich erzählte Ihnen ja bereits, dass alle Mitarbeiter schon länger bei uns sind.«

»Und Armin Pichler?«

»Wieso, was ist mit Armin?«

»Er ist auch schon länger bei Ihnen?«

»Ja, ein sehr guter Mitarbeiter. Freundlich zu den Gästen, aufmerksam...«

»Für die Dienstpläne sind doch Sie zuständig?«

»Ja und?«

»Nun, es fällt auf, dass Herr Pichler selten Wochenenddienst hatte.«

»Mein Gott, das war so ausgemacht! Worauf wollen Sie eigentlich hinaus?«

Feichtinger ließ sich Zeit. Holzinger hatte das erste Mal ein wenig die Beherrschung verloren, das war, was er erhofft hatte. Es musste nicht unbedingt etwas bedeuten, es konnte aber auch heißen, dass er ins Schwarze getroffen hatte, jedenfalls wollte er weiter in diese Kerbe schlagen.

»Na ja«, fuhr er fort, es sieht aus, als sei Pichler in den Genuss von Vorteilen gekommen, die für die anderen nicht galten.«

»Ich sagte ja, wir hatten eine Vereinbarung. Aber ich verstehe nicht, was das alles mit dem Mord an meinem Mann zu tun haben soll!?«

»Tja Frau Holzinger, das weiß ich auch noch nicht. Aber derjenige, der ihren Mann ermordete, musste im Besitz eines Schlüssels sein, es kommen daher aller Wahrscheinlichkeit nach nur sieben Personen in Frage, und natürlich müssen wir jeder Spur nachgehen…«

»Demnach verdächtigen Sie also auch mich?«

»Wir müssen jeder Spur nachgehen, die zur Klärung des Mordes an Ihrem Mann führen könnte. Ich denke, das ist in Ihrem Sinne«, sagte Feichtinger, und sah sie dabei fest an.

»Ist schon eine verflixte Sache«, meinte Berger, »die einzige, die ein erkennbares Motiv hatte, Holzinger zu töten, ist ausgerechnet seine Frau.«

»Tja, Mord aus Habsucht, der klassische Fall«, entgegnete Kollege Höllwirth.

»Na ja, es ist vielleicht noch etwas zu früh für Verdächtigungen, aber das mit dem Motiv stimmt. Nach dem Tod ihres Mannes ist Frau Holzinger von der bloßen Mitarbeiterin ihres Mannes zur Eigentümerin eines gutgehenden Cafes mutiert. Wenn du dann noch in Betracht ziehst, dass die Ehe vielleicht nicht zum Besten stand, ja, sie vielleicht sogar noch ein Verhältnis unterhielt, dann könnte das schon Grund genug sein, jemanden um die Ecke zu bringen.«

»Die Sache hat nur einen Hacken«, meinte Feichtinger.

»Wenn Frau Holzinger wirklich die Täterin gewesen ist, warum hat sie dann ausgesagt, dass die Eingangstür abgeschlossen war?«

»Das könnte die Verwirrung, die Anspannung gewesen sein. Ich meine, ein Mord ist schließlich keine Kleinigkeit, möglicherweise war ihr die Tragweite dieser Antwort gar nicht bewusst. Außerdem, du hast doch bemerkt wie sie zögerte, als du sie danach gefragt hast.«

»Mhm«, meinte Feichtinger etwas geistesabwesend. »Wenn man nur wüsste, ob an der Geschichte mit Pichler was dran ist.«

»Also, ich bin mir da ziemlich sicher«, sagte Höllwirth.

»Warum kannst du so sicher sein?«, fragte Feichtinger.

»Ich hab diese Kirchmann – du weißt schon, die Kellnerin – daraufhin angesprochen. Na, du hättest sehen sollen, wie verlegen die geworden ist!«

»Na, und hat sie zugegeben, dass sie über ein Verhältnis der beiden Bescheid wußte?«,fragte Berger aufgeregt.

»Na ja, das nicht gerade. Aber ich hatte die ganze Zeit über das Gefühl, dass sie mir etwas verschweigt, dass sie mehr weiß als sie zugibt. Wie gesagt, sie war auf einmal ziemlich aufgeregt, wich meinen Fragen, ja sogar meinen Blicken aus. Aus irgendeinem Grund rückte sie nicht mit der Wahrheit heraus.«

»Wie ist diese Kirchmann, ich meine, so vom Typ her?«

»Weiß nicht, sie wirkt irgendwie ziemlich gestreßt, was wahrscheinlich kein Wunder ist, sie hat zwei Kinder, ist alleinstehend. Als ich sie auf ein mögliches Verhältnis ihrer Chefin mit Pichler ansprach, hatte ich die ganze Zeit das Gefühl, sie habe Angst davor, mir die Wahrheit zu sagen.«

»Hmm«, machte Feichtinger nachdenklich. »Und die Pressl, ich meine die Köchin, was ist mit der?«

»Hat ein Alibi. Nachdem sie den Betrieb etwas nach 21 Uhr verlassen hat, besuchte sie noch ihre Kollegin Brigitte Speer.«

»Und wie lange hat sie sich bei der aufgehalten?«

»Beide sagen aus, bis gegen 23 Uhr 30«

»Da könnte doch eine der beiden noch mal in die Firma gefahren sein und Holzinger erschlagen haben«, meinte Berger.

»Stimmt, zeitlich hätte sich das ausgehen können, aber wo ist das Motiv? Nur wegen schlechter Dienstzeiten oder nicht erhörter Lohnforderungen bringt man doch keinen Menschen um! Außerdem scheint das Betriebsklima nicht so schlecht gewesen zu sein, fast alle der Angestellten waren schon längere Zeit bei Holzinger beschäftigt.«

»Wie man es auch dreht und wendet, man landet immer wieder bei Frau Holzinger.«

»Und Pichler«, meinte Höllwirth, »vielleicht haben sie die Sache gemeinsam eingefädelt.«

»Ja, einiges deutet darauf hin: Die Ehe am Ende, neuer Liebhaber, Aussicht auf ein eigenes Lokal…«

»Langsam, langsam«, sagte Feichtinger, »das sind alles nur Vermutungen, Spekulationen. Wir haben keinen Beweis, dass die beiden etwas miteinander hatten.«

»Es würde alles so gut zusammenpassen«, sagte Berger beinahe sehnsüchtig.

»Trotzdem…«

»Was denkst du?«

»Nun, ich denke, wir sollten uns morgen diese Kirchmann noch einmal vornehmen.«

Sabine Kirchmann bewohnte mit ihrer Mutter und ihren beiden Kindern – zwei Buben – ein Einfamilienhaus, mit kleinem Garten davor. Sie wirkte, wie Höllwirth schon angedeutet hatte, irgendwie gehetzt, gestresst, ja ängstlich, wie jemand, der es gewohnt ist, vom Schicksal laufend mit neuen Schikanen belegt zu werden, diese aber demütig und gottergeben trägt. Das mochte zu einem gut Teil an der Doppelbelastung Mutter/Beruf liegen. Zu einem gut Teil, so Feichtingers Einschätzung, lag es aber auch an einem Mangel an Selbstbewusstsein. Sie war der Typ, der sich für alles und jedes verantwortlich fühlt. Vielleicht, so Feichtinger, nahm sie sich aber auch ein wenig zu wichtig – was ihr jedoch mit Sicherheit nicht bewusst war.

»Frau Kirchmann«, begann Feichtinger, als er ihr gegenüber auf einer altmodischen Couch Platz genommen hatte. »Wir haben ein Problem. Wir kommen mit unseren Ermittlungen nicht voran.« Kirchmann sah ihn groß an. »Und«, fuhr Feichtinger fort, »ich habe das Gefühl, dass Sie uns weiterhelfen können.«

»Aber wie soll ich Ihnen denn weiterhelfen können?«

»Frau Kirchmann, ich würde gerne von Ihnen wissen, ob zwischen Armin Pichler und Ihrer Chefin mehr war als nur bloße Sympathie. Ich meine, hatten die beiden ein Verhältnis?«

»Aber ich habe doch schon Ihrem Kollegen gesagt, dass ich darüber nichts weiß!«

»Frau Kirchmann, wir ermitteln in einem Mordfall! Ihr Chef ist ermordet worden!«

Kirchmann biss sich auf die Lippe. Feichtinger konnte ihr ansehen, wie sie mit sich rang.

»Frau Kirchmann«, sagte er leise.

»Ja«, seufzte sie, »die beiden haben ein Verhältnis, oder zumindest hatten sie eins. Ich hab sie im Büro erwischt. Ich hatte damals Schlussdienst. Es war alles wie sonst. Ich räumte das Lokal auf, machte Kassa, gegen 22 Uhr 30 verließ ich das Lokal, sperrte ab, und machte mich auf den Heimweg. Als ich fast zu Hause war, fiel mir ein, dass ich vergessen hatte, den Wasserhahn für die Gemüsemaschine abzudrehen. Wir weichen dieses Gerät über Nacht immer ein, und wenn man vergisst den Hahn abzudrehen, würde das alles unter Wasser stehen. Ich bin also noch einmal zurück, und gleich wie ich eintrete, sehe ich, dass im Büro Licht brennt. Erst dachte ich, es sei der Chef, aber als ich auf das Büro zugehe, um ihm einen Guten Abend zu wünschen, sehe ich die beiden durch die halb offene Tür. Sie waren so beschäftigt, dass sie mich gar nicht bemerkten. Ich bin dann gleich wieder gegangen, hab auch niemandem etwas erzählt – das geht mich nichts an. Verstehen Sie, ich will keine Schwierigkeiten, es ist so schon schwer genug…«

Kirchmann sah ihn wieder mit diesem eindringlichen, gehetzten Blick an.

»Ich verstehe«, sagte Feichtinger, und wandte sich zum Gehen.

»Sagen Sie, muss die Chefin erfahren, dass Sie von mir wissen, dass…?«, sagte Kirchmann, als Feichtinger bereits an der Tür war.

»Nicht wenn es sich vermeiden lässt«, meinte er.

Als Feichtinger sein Büro betrat, saß gerade Hermine Löffler, die Putzfrau vom Cafe Holzinger, seinem Kollegen Berger gegenüber.

» …ja, so eine kleine Bronzefigur auf einem Sockel – ziemlich schwer« ,sagte sie.

»Und als Sie das letzte Mal putzten, war die Figur noch da?« ,fragte Berger.

»Ja, das war vor ein paar Tagen, Sie wissen schon, bevor jemand unseren Chef ermordet hat.«

»Hm, und wie hat diese Figur ausgesehen?«

»Hm, das war so eine Art Clown, oder nein, so eine Art Till Eulenspiegel, ein Possenreißer, ein Hanswurst, so jemand, der die Leute zum Narren hält. Er hatte so eine komische Mütze mit drei Zipfeln auf dem Kopf, und so eine Art Gitarre in den Händen, und getanzt hat er. Auf dem Sockel ist

Stammtisch gestanden.«

»Mhm, und die Figur stand auf dem Piano?«

»Auf dem was?«

»Auf dem Piano, ich meine auf dem Klavier?«

»Ja genau.«

»Gut Frau Löffler«, sagte Berger, während er sie zur Tür geleitete und verabschiedete, »Sie haben uns sehr geholfen.«

»Was denkst du?« fragte Berger Feichtinger, als sie alleine waren.

»Ich denke, dass unser guter Eulenspiegel möglicherweise als Mordwaffe missbraucht wurde.«

»Ja, das glaube ich auch. Und was schlägst du jetzt vor?«

»Was denkst du?«

»Ich denke wir, sollten von der Wasserrettung ein paar Taucher anfordern.«

»Gute Idee.«

»Apropos«, sagte Berger, »was war eigentlich bei der Kirchmann?«

»Sie hat die beiden erwischt, im Büro.«

»Na tadellos! Passt alles zusammen. Holzinger und Pichler schmieden ein Komplott, sie ermorden Herrn Holzinger, reißen sich das Lokal unter den Nagel und werden glücklich bis ans Ende ihrer Tage, das perfekte Motiv!«

»Ja, klingt alles sehr logisch«, bestätigte Feichtinger unsicher.

»Was ist, was stört dich?«, fragte Berger, der Feichtingers Zögern bemerkte.

»Ich weiß nicht, irgendwie ... das ganze sieht mir eher nach einer Affekthandlung aus, weißt du, nicht geplant, nicht vorsätzlich.«

»Na und?«

»Na ja, ich denke mir, wenn ich vorhätte jemanden zu ermorden, würde ich mir die Waffe nicht erst am Tatort besorgen, ich meine ... verstehst du?«

»Ja«, sagte Berger langsam. »Aber wir wissen ja noch gar nicht, ob es sich bei diesem..., bei diesem Eulenspiegel wirklich um die Tatwaffe handelt.«

»Ja, da hast du recht«, sagte Feichtinger.

»Was glaubst du, ob sie uns weiterhelfen könnte – ich meine die Tatwaffe?«

»Du meinst Fingerabdrücke?«

»Ja, zum Beispiel.«

Feichtinger schüttelte den Kopf. »Ich glaube nicht, nach so langer Zeit im Wasser. Trotzdem sollten wir gleich die Taucher anfordern. Erledigst du das?«

»Geht klar.«

»Ich werde mir in der Zwischenzeit noch einmal Frau Holzinger und diesen Pichler zu Gemüte führen.«

»Den Feschak«, ätzte Berger.

»Genau, sag mal, wo steckt eigentlich Höllwirth?«

»Der lernt gerade kochen.«

»Jesus!«

»Nein, bei dieser Pressl, der Köchin von Holzinger.«

»Ahh...«

Als Feichtinger diesen Abend nach Hause kam, war er um einige Erkenntnisse reicher.

Erstens, Frau Holzinger und Pichler hatten zugegeben, ein Verhältnis zu haben. Was Berger halb im Ernst behauptete, stimmte tatsächlich, die Ehe der Holzingers war am Ende. Nach Aussage von Frau Holzinger war sogar von Scheidung die Rede. Beide, Holzinger wie Pichler, widerriefen ihre erste Aussage und gaben nun an, in der Tatzeit zusammengewesen zu sein. Feichtinger war, wenn er ehrlich war, etwas betroffen. Seine bislang einzig wirklich Verdächtigen hatten ein Alibi.

Die zweite Erkenntnis, die er den Nachforschungen Höllwirths verdankte, lies ihn wieder etwas Hoffnung schöpfen und lieferte ihm – trotz angeblichem Alibi – einen neuen Verdächtigen. Hans Wagner: Vorbestraft wegen mehrmaliger Körperverletzung und Betrug! Ein Mann, der, nach Aussagen ehemaliger Arbeitgeber und Kollegen, zu Aggression und Gewalttätigkeit neigte. Oftmals hatte er den Job verloren, nirgends war er sehr lange, außer, außer bei Holzinger. Gute drei Jahre, wenn Feichtinger sich recht erinnerte. War Wagner katholisch geworden? Nun, das würde er herausfinden. Die Tatsache dass er vorbestraft war ließ ihn verdächtig erscheinen, machte ihn aber noch nicht zum Täter – vor allem, was für ein Motiv hätte er gehabt!?

Das Klingeln an der Haustür riss ihn aus seinen Gedanken. Es war Sandra, seine Freundin. Im Korb trug sie eine Flasche Rotwein, ihm hübschen Gesicht ein breites Lächeln.

»Hallo«, sagte sie etwas atemlos vom dreistöckigen, steilen Aufstieg zu Feichtingers Wohnung.

»Hallo«, antwortete er mit ebensolchem Lächeln, und nahm ihr den Korb ab. Küsschen.

Das erste, was Sandra immer tat, wenn sie bei ihrem Freund war, war nach den Pflanzen zu sehen. Bevor die beiden sich kennenlernten gab es überhaupt kein Grünzeug in Feichtingers Wohnung, er hatte einfach nicht daran gedacht, außerdem waren ihm Pflanzen in der freien Natur am liebsten. Sandra ließ sich jedoch davon nicht beeindrucken und schleppte alles mögliche an: Efeu, Farn, Palmen, verschiedene Topfpflanzen, deren Namen ihr Freund ständig durcheinanderbrachte.

Während sie da und dort herumzupfte, zurechtrückte, drüberwischte, richtete Feichtinger das Abendessen. Kalte Platte: Wurst, Käse, Butter, Tomaten, Oliven, Paprika und natürlich Brot. Er entkorkte den Wein, schnupperte fachmännisch am Korken, nahm einen Probeschluck, wobei er den Wein im Mund hin und herrollte und die Luft durch den halbgeöffneten Mund einsog. Er nickte zufrieden und stellte schließlich alles auf dem Esszimmertisch ab.

»Na, wie kommst du mit deinem neuen Fall voran«, fragte Sandra, während sie an einem Stück Hartwurst kaute.

»Tja, momentan tappen wir ziemlich im Dunkeln.«

»Keine verräterischen Spuren, keine Verdächtigen?«

Feichtinger schüttelte den Kopf. Da er der Schweigepflicht unterlag, hütete er sich davor Namen zu nennen, oder auch nur Andeutungen zu machen – nicht einmal seiner Freundin gegenüber.

»Der Täter ist sowieso immer der, der am Unverdächtigsten erscheint, das ist eine alte Weisheit, das solltest du eigentlich wissen«, meinte Sandra.

»Ja, wahrscheinlich war es der Lehrbub«, lächelte Feichtinger.

»Warum nicht«, ereiferte sie sich. »Wissen wir doch wie's im Gastgewerbe zugeht: Miserable Bezahlung, miserable Arbeitszeiten, cholerische Chefitäten. Junge Leute neigen manchmal zur Aggression, ich muss es wissen, ich bin schließlich Lehrerin.«

»Na, hoffentlich muss ich mir um dich keine Sorgen machen.«

»Ich glaube, umgekehrt bestünde mehr Anlass«, sagte sie ernst.

»Ich bin sehr vorsichtig«, entgegnete er und sah sie an.

»Was wohl in einem Menschen vorgeht, der einen anderen ermordet«, sinnierte sie.

Feichtinger zuckte die Achseln. Er wußte es nicht.

»Eigentlich schlimm, dass deine Arbeitgeber Verbrecher sind.«

»Komische Ansicht«, erwiderte er.

»Stimmt aber. Stell dir vor, es gäbe keine Verbrechen, dann wärst Du arbeitslos.«

»Na ja, was das betrifft brauch ich mir wohl keine Sorgen zu machen.«

Darauf wusste Sandra nichts zu sagen. Sie stand auf, trat hinter Feichtinger und legte die Arme um seinen Hals.

»Schön ist's mit dir«, flüsterte sie ihm ins Ohr...

Nächsten Morgen suchten Feichtinger und Berger gleich Hans Wagner auf.

»Sie haben Glück«, sagte er gedehnt. »Ich wollte gerade weg.«

Die beiden Polizisten gingen jedoch nicht weiter auf diese nur schlecht verborgene Unmutsreaktion ein.

»Sagen Sie Herr Wagner, haben Sie uns nicht eine Kleinigkeit verschwiegen?«, begann Berger unbeeindruckt.

»Wieso, was sollte ich Ihnen verschwiegen haben. Es war alles so wie ich es Ihnen erzählt habe. Ich habe um zirka 22 Uhr 30 das Lokal verlassen, bin dann noch kurz in Harrys Pub, und dann...«

Interessant wie die Leute zu reden anfangen, wenn man sie verunsichert, dachte Feichtinger.

»Ja, aber dass Sie vorbestraft sind, haben Sie uns verschwiegen.«

Wagner ließ sich in ein Fauteuil fallen. »Mein Gott diese Sache, das ist Jahre her, Jugendtorheiten, und daraus wollen Sie mir einen Strick drehen!?«

»Sie sind wegen Körperverletzung und Betrug vorbestraft. Einige Leute, mit denen wir geredet haben, beschreiben Sie als äußerst aggressiv.«

»Ich sagte Ihnen ja, das ist vorbei. Heute tue ich keiner

Fliege mehr was zu Leide. Ich habe damals meine Lektion gelernt. Fragen Sie doch Frau Holzinger, seit über drei Jahren bin ich dort beschäftigt, und noch nie hat es irgendetwas gegeben. Sie können auch die Abrechnungen kontrollieren, Sie werden keine Unregelmäßigkeiten entdecken. Verstehen Sie, mit dem, was früher war, will ich nichts mehr zu tun haben, das ist aus und vorbei.«

»Sagen Sie«, unterbrach Feichtinger, »wie funktioniert das eigentlich mit den Abrechnungen?«

»Na ja, wir haben eine Boniermaschine. Das heißt: Jeden Artikel, den ein Kellner verkauft – ein Kaffee, ein Bier – muss er in die Maschine tippen. Wenn ein Kellner nun außer Dienst geht, drückt er den jeweiligen Kellnerbericht aus, der angibt, welche Summe er diesen Tag umgesetzt hat.«

»Und diese Summe hat er dann an den Chef zu entrichten?«

»Genau.«

»Was ist wenn ein Artikel nicht getippt bzw. boniert wird?«

»Dann landet der Betrag in der Brieftasche des Kellners.«

»Und wer kontrolliert, ob immer alles boniert wird?«

»Na ja, wenn der Chef oder die Chefin ausschenkten, dann haben die darauf geachtet. Aber die waren natürlich nicht immer da. Verstehen Sie, das ist eine Sache des Vertrauens«

»Welches Sie seinerzeit missbrauchten«, sagte Berger etwas unsensibel.

»Ja«, antwortete darauf Wagner gereizt.

»Ich hab Sie doch richtig verstanden«, wieder Feichtinger, »dass jeder Kellner auf eigene Rechnung arbeitet?«

»Ja, jeder hat seinen eigenen Schlüssel.«

»Das heißt also, der Chef weiß von jedem genau, was er umgesetzt hat!?«

»Richtig.«

»Und es gibt drei Zahlkellner?«

»Richtig, Sabine, Armin und mich.«

»Mhm«, machte Feichtinger nachdenklich. Jetzt war alles klar.

»Wir kommen einfach nicht weiter«, sagte Berger etwas resigniert, als sie unterwegs zum Büro waren. »Glaubst du diesem Wagner?«

»Ehrlich gesagt ja. Vergiss nicht, er hat ein Alibi. Sowohl der Kellner in Harrys Pub, als auch seine Freundin bestätigen seine Aussage.«

»Er könnte ja nach dem Besuch in diesem Pub noch einmal ins Cafe zurückgekehrt sein und Holzinger erschlagen haben.«

»Und seine Freundin deckt ihn meinst du?«

»Könnte doch sein!«

»Ich glaub`s nicht … Ich weiß nicht, irgendetwas übersehen wir.«

»Vielleicht war's überhaupt ganz anders, als wir bis jetzt angenommen haben. Ich meine vielleicht war's gar keiner von den sieben, sondern jemand der auch einen Schlüssel besaß und von dem wir noch gar nichts wissen.«

»Wer sollte das sein?«

»Ich weiß nicht, irgendein Erbberechtigter, ein übergangener Verwandter, keine Ahnung.«

»Das meiste erbt seine Frau.«

»Gibt's denn ein Testament?«

»Ja.«

»Kinder?«

»Sind keine da.«

»Seltsam, dass keine Kinder da sind.«

»Sie hatten eins.«

»Und?«

»Es ist gestorben.«

»Mein Gott.«

»Autounfall. Der Lenker eines Pkws hatte ein Vorrangschild übersehen und krachte seitlich in das von Frau Holzinger gesteuerte Auto. Sie kam mit ein paar Kratzern und Prellungen davon – ich meine wenn man von den seelischen Wunden absieht – das Kind, ein Mädchen, knapp ein Jahr alt, starb noch am Unfallort.«

»Mein Gott«, wiederholte Berger betroffen. Er war selber Vater von zwei Buben, zwei und vier Jahre alt.

»Na ja, jedenfalls wollten sie dann keine Kinder mehr. Frau Holzinger meint, ihr Mann habe ihr diesen Unfall nie wirklich verzeihen können, sie meint auch, sie habe sich selber nie wirklich verzeihen können – obwohl sie nichts dafür konnte. Aber Du kennst ja diese Art von Selbstvorwürfen: Wären wir nicht, Hätten wir nicht, oder wenn das nicht…«

»Und nach dem Tod ihrer Tochter bekam die Ehe wohl einen Knacks?«

»Möglich, Frau Holzinger sagt, das Geschäft hielt sie zusammen.«

»Hm, eine Zweckverbindung«, meinte Berger nachdenklich. »Mich wundert nur, dass sie alles erbt.«

»Wer sonst? Holzinger hatte nur noch eine Mutter, die ist fünfundsiebzig, und einen Bruder, der in Australien lebt. Außerdem war kein Hass zwischen ihnen, eher so etwas wie eine nicht überwundene Traurigkeit. Ich glaube, sie wurden einfach mit dem Tod ihres Kindes nicht fertig.«

»Kann ich verstehen, trotzdem, was für ein Motiv, alles würde zusammenpassen: neuer Liebhaber, neue Perspektive, neuer Anfang.«

»Ja«, sagte Feichtinger.

Als die beiden im Büro ankamen, erwartete sie Höllwirth mit einer Neuigkeit: Die mutmaßliche Tatwaffe war im See, nicht weit vom Ufer entfernt, gefunden worden. Tatsächlich handelte es sich um einen tanzenden Harlekin, oder Eulenspiegel aus Bronze, etwas über Faustgröße auf einem Marmorsockel, genau wie von Frau Löffler, der Putzfrau beschrieben.

»Das also ist der kleine Unhold«, konstatierte Feichtinger trocken und betrachtete die Figur in der Schutzhülle.

»Dabei sieht er doch gar nicht so gefährlich aus«, sagte Berger.

»Aber die ideale Waffe, um damit jemanden zu erschlagen«, meinte Höllwirth. »Sieh nur, wie gut sie sich beim Kopf fassen lässt, der schwere Marmorsockel, fast wie ein Hammer.«

»Ich bin nur gespannt, ob die Leute vom Labor damit was anfangen können«, sagte Feichtinger zweifelnd.

»Was glaubst du! Heutzutage überführen sie die Täter schon anhand eines einzelnen Haares, zumindest im Fernsehen«, entgegnete Höllwirth ironisch.

»Ja, ja, das Fernsehen. Was gibt's sonst Neues?«

»Na ja, ich hab vorhin den Koch, Christian Gabler, unter die Lupe genommen. Der scheidet auf jeden Fall als Verdächtiger aus. Zum Zeitpunkt der Tat war er samt Kind und Kegel noch im Urlaub, in Mexiko.«

»Unglaublich wie die Leute herumkommen.«

»Tja, die Welt ist klein geworden.«

»Zu Fuß ist sie immer noch groß genug«, relativierte Feichtinger, der ein leidenschaftlicher Bergwanderer war.

»Was spricht er denn so, der Koch?«, hakte Feichtinger aufs Neue ein.

»Tja, keine neuen Erkenntnisse, er bestätigt eigentlich nur, was wir von den anderen schon gehört haben: Das Betriebsklima war ordentlich. Holzinger beschreibt er als ruhig, zurückhaltend und korrekt, als einen Mann mit dem man reden konnte, und der seine Emotionen im Zaum zu halten wusste. Frau Holzinger kommt weniger gut weg. Er sagt von ihr, dass sie zur Nervosität neige, und bei hektischem Geschäftsgang schon mal die Nerven verliere – was aber in diesem Gewerbe keine Seltenheit sei. Alles in allem könne er sich nicht vorstellen, wer Holzinger ermordete.«

»Wir kommen nicht weiter«, sagte Feichtinger.

»Ja, wir stagnieren.«

»Was haben wir den bis jetzt?«

»Nicht viel«, sagte Berger, »einen Toten, sieben potenzielle Verdächtige, davon einer, besser gesagt eine, mit einem Motiv. Wir haben einen vorbestraften Kellner, der aber, wie es scheint ein wasserdichtes Alibi hat, ja, und jetzt haben wir auch die Tatwaffe.

»Wenn wir jetzt einmal Frau Holzinger, Pichler, Wagner und den Koch, weil er ja im Urlaub war, als Verdächtige ausscheiden lassen, wen haben wir denn dann noch?«

»Du meinst von denen die einen Schlüssel besitzen?«

»Genau.«

»Na ja, bleibt eigentlich nur mehr Hermine Löffler die Putzfrau, dann Sabine Kirchmann die Kellnerin, und Helga Pressl, die Köchin.«

»Aber du glaubst doch nicht im Ernst, dass von diesen Dreien eine Holzinger umgebracht haben könnte?«

»Weißt du's? Wie sieht's denn mit den Alibis der drei aus?«

»Helga Pressl hat sich nach Dienstschluß noch mit ihrer Kollegin Brigitte Speer getroffen, Sabine Kirchmann war zu Hause bei ihren Kindern und Hermine Löffler ebenso. Theoretisch hätte jede der drei Damen Holzinger ermorden können, wobei allerdinges bei letzterer die Wahrscheinlichkeit sehr gering ist, weil der Mann von Löffler aussagt, dass sie an diesem Abend zusammen ins Bett gegangen seien. Löffler hätte sich also wegschleichen müssen – sehr unwahrscheinlich, wenn du mich fragst.«

»Was ist mit dieser Pressl bzw. dieser Speer?«

»Beide sagen aus, sich etwa um 23 Uhr 30 getrennt zu haben. Jede der beiden hätte also noch Gelegenheit gehabt Holzinger umzubringen.«

»Gut«, sagte Feichtinger in einem für ihn untypischen Energieanfall zu Höllwirth. »Du nimmst dir noch einmal diese Speer vor, ich habe den Eindruck, die haben wir vernachlässigt. Kollege Höllwirth bringt unseren kleinen blutrünstigen Freund zu den Experten ins Labor und besucht dann noch die Pressl Helga, und ich werde mir einmal die Buchführung von Herrn Holzinger ansehen.«

Diesen Abend saß Feichtinger im Cafe Holzinger, das heißt, in dem kleinen Büro, das direkt an die Küche des Cafes angrenzte. Vor sich hatte er die Abrechnungen der drei Kellner Pichler, Wagner und Kirchmann und er war emsig damit beschäftigt, die Umsätze der drei zu addieren und miteinander zu vergleichen.

Zwei der Umsätze des letzten Jahres lagen nur unwesentlich auseinander. Einer jedoch hatte einen beträchtlichen Rückstand. Feichtinger fühlte einen leichten Stich in der Magengegend, doch vorzeitig wollte er sich keinem Triumphgefühl hingeben. Immerhin war der Rückstand letzterer Abrechnung eventuell mit einer geringeren Stundenanzahl des Betreffenden zu rechtfertigen.

Feichtinger kramte in einer Mappe, in der sich die Stundenaufzeichnungen der Kellner befanden, und die ihm Frau Holzinger, wie ihm schien, nur widerwillig überlassen hatte. Er begann nun, die Stunden der drei zusammenzuzählen und kam, nachdem er sie verglichen hatte, zu dem Ergebnis, dass Pichler weniger aufzuweisen hatte als die beiden anderen. Jedoch, Pichler war es nicht, der mit seinem Umsatz so weit abgeschlagen war.

Feichtinger pfiff durch die Zähne: Konnte das das Motiv sein? Unterschlagung? Holzinger kommt dem Betrüger auf die Schliche. Er stellt ihn zur Rede, droht mit Anzeige und Rausschmiss. Der Entlarvte gerät in Panik, dreht durch und erschlägt ihn.

Er blickte auf die Uhr, beinahe elf. Trotz der späten Stunde genehmigte er sich einen großen Espresso, schlafen würde er sowieso nicht können. Nachdenklich starrte er in die Nacht hinaus. Den Weg, den er nun zu erledigen hatte, konnte bis morgen warten. Er hatte das sichere Gefühl zu wissen, wer der Mörder war. Warum bin ich erst jetzt daraufgekommen, die Abrechnungen zu kontrollieren?, fragte er sich. Das Telefon klingelte, trotz der späten Stunde. Feichtinger konnte sich denken, wer es war.

»Wann kommst du nach Hause?«, fragte seine Freundin.

»Gleich«, antwortete er.

»Ist es nicht furchtbar, was mit Herrn Holzinger passiert ist?«, sagte Frau Lackner, als Feichtinger sie am Vormittag des nächsten Tages aufsuchte.

»Ich war ganz aus dem Häuschen, als mir meine Tochter erzählte, dass er ermordet wurde. Zuerst hab ich mich gewundert weil sie nicht zur Arbeit ging, aber dann hat sie mir von dem Unglück erzählt.«

»Ah«, sagte Feichtinger, »und sie wusste es natürlich von Frau Holzinger?«

»Ja genau, Frau Holzinger hat sie angerufen, schon ganz früh am Morgen – die arme Frau.«

»Mhm... Apropos, könnte ich Ihre Tochter wohl mal sprechen?«

»Oh, das tut mir leid, aber sie ist nicht hier, sie macht einen Ausflug mit den Kindern, sie wollte die Zeit nutzen – weil sie doch jetzt bald wieder zur Arbeit muss, und sonst so wenig Zeit für sie hat.«

»Verstehe«, sagte Feichtinger, bevor er sich von der redseligen Frau Lackner verabschiedete.

Bevor er ins Büro zurückfuhr, machte er noch einen Abstecher ins Cafe Holzinger.

Mein Glückstag, dachte er, als er dort die Chefin selbst antraf und sie darum bat, ihn noch einmal einen Blick in die Stundenaufzeichnungen werfen zu lassen. Sie bestätigten ihm lediglich worüber er sich nicht mehr ganz sicher gewesen war.

»Nach diesen Aufzeichnungen«, sagte er zu der Wirtin, »hatte der Lehrling den Tag nach dem Mord an ihren Mann Frühdienst?«

»Ja, das stimmt«, antwortete sie. »Ich hatte in der Aufregung vergessen ihn anzurufen und ihn von dem Unglück zu unterrichten.«

»Frau Lackner behauptet, Sie hätten stattdessen ihre Tochter angerufen?«

»Ja, aber erst später, so gegen Mittag. Wie Sie aber am Dienstplan erkennen können hätte ihre Tochter diesen Tag sowieso frei gehabt.«

»Verstehe«, sagte Feichtinger wieder, und machte sich auf den Weg in die Dienststelle.

»Na, wie steht's mit unserem Freund?«, fragte er Höllwirth, als er dort angekommen war.

»Welchem Freund?«, entgegnete Höllwirth, der, wie es schien, noch nicht ganz auf Touren war.

»Na, unserem kleinen, mordlüsternen Harlekin!«

»Ach so, der! Tja, Fehlanzeige. Die Leute aus dem Labor meinen, er habe zu lange im Wasser gelegen.«

»Keine Spuren? Fingerabdrücke, Blut, Haare, gar nichts?«

»Nein, höchstens ein bisschen Fischkot«, grinste Höllwirth sarkastisch.

»Macht auch nichts«, sagte Feichtinger, »den Mörder haben wir so auch.«

»Was!«, rief Höllwirth, und rammte sich den Zahnstocher, mit dem er gerade zwischen den Zähnen herumgepobbelt hatte, ins Fleisch.

»Ja, Herr Inspektor, meine Tochter ist jetzt da. Gut, dass Sie vorher angerufen haben. Obwohl sie sich gar nicht vorstellen kann, was Sie von ihr wollen, weil sie Ihnen doch schon alles gesagt hat, was sie weiß.«

Frau Lackner hatte Feichtinger und Höllwirth schon in der Hausauffahrt erwartet. Geschäftig führte sie nun die beiden in die Küche, wo Sabine Kirchmann mit Geschirr hantierte, und so tat, als sei sie über deren Erscheinen überrascht.

»Frau Kirchmann, ich muss Sie leider bitten mit uns mitzukommen«, sagte Feichtinger ernst.

»Aber warum sollte ich mit Ihnen mitkommen?«, entgegnete Kirchmann verblüfft.

»Weil Sie dringend verdächtig sind Ihren ehemaligen Chef, Herrn Holzinger ermordet zu haben.«

»Was?! Aber warum sollte ich denn das getan haben?«

»Weil Sie ihn betrogen haben«, sagte Feichtinger. »Sie haben Geld unterschlagen, in die eigene Tasche gearbeitet. Holzinger ist dahinter gekommen, und hat Ihnen wahrscheinlich mit Rausschmiss und Anzeige gedroht, daraufhin haben Sie durchgedreht und ihn erschlagen.«

»Aber das ist doch Unsinn! Ja, es stimmt, ich habe Geld unterschlagen, es stimmt auch, dass Holzinger dahintergekommen war, mich anzeigen und rausschmeißen wollte. Aber ich habe ihn nicht umgebracht, das müssen Sie mir glauben.«

Feichtinger wollte gerade zu einer Antwort ansetzen, als die beiden Kinder Sabine Kirchmanns von draußen hereingestürmt kamen. Ihre Großmutter, die sehr bleich geworden war, fing sie jedoch noch an der Tür ab. Feichtinger bemerkte, wie plötzlich der Frohsinn aus ihren Gesichtern verschwand und stattdessen das Misstrauen darin Einzug hielt. In diesem Moment wünschte er sich, dass Sabine Kirchmann nicht der Täter sein möge. Frau Lackner schob die beiden sanft wieder hinaus, dann drehte sie sich langsam den Polizisten zu. Sie hatte plötzlich nichts mehr mit der oberflächlichen Klatschtante gemein, als die sie Feichtinger sonst erschienen war, sondern mit einem Menschen, der selbst allzu viel Leid erfahren hat.

»Sabine spricht die Wahrheit«, sagte sie sehr beherrscht. »Ich habe Holzinger erschlagen. Meine Tochter hat mir erzählt, dass er sie entlassen wolle. Ich habe ihn angefleht, hab ihm gesagt, dass er es nicht tun sollte, er solle bedenken, dass Sabine zwei Kinder habe. Ich sagte ihm, wir würden alles zurückzahlen, aber er wollte nicht mit sich reden lassen. Ich hab dann diese Figur vom Klavier«

»...Piano«, sagte Höllwirth automatisch, »vom Piano genommen, bin noch einmal ins Büro zurück, und hab ihn damit erschlagen. Verstehen Sie, es ist über mich gekommen, plötzlich musste ich an all die Gemeinheiten denken, die man uns Lackner-Frauen schon angetan hat, die jahrelangen Erniedrigungen, dann noch das, es war einfach zuviel.«

»Und den Schlüssel?«, sagte Feichtinger.

»Den hatte ich von Sabine. Sie wusste natürlich nichts davon. Ich hab ihn einfach vom Haken genommen, während sie schon zu Bett gegangen war, bin dann hingefahren und hab gewartet«

Feichtinger nickte. Es war still geworden. Sabine Kirchmann konnte den Blick nicht von ihrer Mutter wenden.

»Eine Frage hätte ich noch«, sagte Höllwirth fast bescheiden. »Warum haben Sie die Eingangstür abgeschlossen?«

»Ich weiß nicht – automatisch. Zuerst bin ich rausgelaufen, dann ist mir eingefallen, dass ich die Tatwaffe vergessen habe und ich bin noch einmal zurück. Schließlich habe ich die Türe abgesperrt, hab die Waffe in den See geworfen, und bin nach Hause«

»Wo geht denn die Oma hin?«, fragten die Buben ihre Mutter, als Feichtinger und Höllwirth mit Frau Lackner wegfuhren. Sabine konnte nicht antworten, ihre Augen waren von Tränen schwer, sie umfing die beiden, und schließlich wurde sie von einem heftigen Weinkrampf geschüttelt.

»Sei doch nicht traurig«, flüsterte der kleine Philipp unsicher, und streichelte mit seinen schmutzigen Händen den Kopf seiner Mutter. »Es wird alles wieder gut werden.«

»Ja, es wird alles wieder gut werden«, hauchte auch der ältere Gregor.

Sabine Kirchmann schluchzte und drückte dabei ihre Buben ganz, ganz fest an sich.

Feichtinger und Sandra saßen, eingemummt in dicke Wollpullover und Schal, auf dem Balkon seiner Wohnung. Es war einer dieser seltenen, wunderbaren Märzabende, die uns mit dieser unbestimmten Sehnsucht erfüllen, und uns gleichzeitig die Enge unseres Horizonts erahnen lassen. Sandra nippte an ihrem Rotwein und lies den Blick über die Dächer der Stadt schweifen.

»Warum gehen eigentlich so viele Ehen in die Brüche?«, fragte sie plötzlich Feichtinger.

»Ich weiß nicht«, sagte er nachdenklich, »vielleicht gingen sie gar nicht in die Brüche, vielleicht zerbricht man sie nur einfach.«

»Hm«, sagte Sandra, weil sie nicht genau wusste, wie er das meinte.

Eigentlich wusste er selber nicht so genau, wie er es meinte.

Es war nur so eine Idee, eine Feichtinger-Idee.

Drei Fotos

Weißt du noch, diese Fete, drei Uhr morgens, Saturday night fever, John Travolta Kacke und so, illuminiert, Wahnwitz in der Birne, Feuer im Schwanz. »Fahren wir surfen«, sagtest du zu mir. Beim ersten durchgeknallten Hahnenschrei unterwegs auf der Strada, direkt mitten hinein ins Herz der aufgehenden, fetten Blutorange.

Wie verschissen jung wir waren, damals, wie verschissen unverwundbar. Beim Surfen, ich, jede Menge brackiges Wasser und schleimiges Seegetier verschluckt, du hingegen, elegant und graziös, exhibitionistisch wie dieser Streber, dieses griechische Muttersöhnchen Paris. Keinen Tau, diese Rotznase, wie man ein Schwert führt, aber treffsicher mit seinem Pfeil in Helenas Köcher.

Ich hatte keine Ahnung, wie du das machtest, hab ich immer noch nicht! Eine Oberniete, eine Doppelnull, in allem, was auch nur im Entferntesten mit Sport zu tun hat, aber ein begnadeter Surfer, ein Ritter in schimmernder, pedantisch polierter Rüstung, Wind und Wetter die Stirn bietend, unterwegs zur Geliebten über die stürmische See, und dennoch, keine Aufnahme im heilbringend ersehnten Hafen.

Weißt du noch, Tennisplatz? Du machtest mich halb wahnsinnig, weil du dich so blöd anstelltest. Ich hatte andauernd das Gefühl, du wolltest mich verarschen, ich konnte einfach nicht begreifen, dass es Leute gibt, die einen Ball nicht treffen, der kleiner ist als ein Kürbis.

Mensch, was waren wir hungrig damals – damals, heute, ist Hunger jemals stillbar? Was für eine blödsinnige Frage! In welchem Überfluss muss man leben, um auf so einen Mist zu kommen? Ich glaube nicht, dass du jemals so eine Idiotenfrage gestellt hättest, ich kann mich überhaupt nicht erinnern, dass du jemals dergleichen selbstgefällige, pseudointelektuelle Stutzerfragen gestellt hättest. Heuchlerische, rhetorische Wichtigtuerei war sowieso nie deine Sache, dazu warst du viel zu intelligent, viel zu ehrlich, viel zu selbstkritisch. Deine Fragen beschäftigten sich eher mit den pragmatischen, trivialen und durchaus hedonistischen Seiten des Lebens: »Fahren wir zum Konzert von Soundso?«, zum Beispiel, oder gehen wir zum Bierzelt, oder schauen wir uns das Motocross Rennen an, so was in der Art halt, lebensnahe Fragen eben.

Ich habe ein Foto von uns beiden, also genaugenommen habe ich drei, aber dieses eine, von dem hier die Rede ist, das habe ich »Schiller & Goethe« genannt. Es zeigt uns in einer Kellerbar bei einer Fete, damals waren ja ständig irgendwo irgendwelche Feten, und wir ließen kaum eine aus. Das Foto zeigt uns vor dem Hintergrund eines scharfen Pinups, leider nur auf Plakat, ich habe meine linke Hand auf deiner Schulter liegen, du hast eine Bierflasche in der Hand, ich vermutlich auch, aber das ist auf dem Foto nicht zu sehen, und wir beide scheinen der Erleuchtung ziemlich nahe gewesen zu sein – wie die beiden Dichterfürsten eben.

Was seltsam ist: ich kann mich kaum an Gespräche zwischen uns beiden erinnern, oder an Diskussionen. Einmal versuchtest du mir den Sachverhalt über den sogenannten Boxeraufstand in China zu erklären. Ausgangspunkt war eine Art Propagandafilm, den ich zu diesem Thema gesehen hatte, und von dem ich dir erzählte, und ein andermal doziertest du über den vermeintlichen Unterschied zwischen rechts und links…, sicherlich haben wir manchmal über Mädchen gesprochen, vermute ich, dann, wenn kein ernsthaftes Interesse vorhanden war, es also nicht verfänglich war, dennoch Plaudertasche warst du keine, und schon gar kein Schwätzer, der vor lauter Unsicherheit die Klappe nicht zu bekommt.

Mir fällt niemand ein, mit dem ich damals lieber zusammengewesen wäre als mit dir. Du übtest niemals Druck aus, und man hatte bei dir nie das Gefühl reden zu müssen, oder dir irgend etwas schuldig zu sein. Ich sympathisierte, ich bewunderte, ich liebte deine Lebensart! Wie du genießen konntest! Du erinnerst dich? Zum Beispiel: Pizzaessen, eine Flasche Valpolicella, Grappa, kleiner starker Kaffee, eine Zigarillo, die ganze Palette, du hattest das einfach drauf, du warst völlig bei der Sache, völlig hingegeben, kein bisschen aufgesetzt, kein bisschen wichtigtuerisch, du schienst so glücklich, oder nein, eigentlich schienst du so dankbar für dieses Glück, dir dieses Glücks und seiner Zerbrechlichkeit so ganz und gar bewusst.

Seltsam ist, dass ich nur drei Fotos von dir besitze, wie gesagt, und davon nur dieses eine, wo wir gemeinsam drauf sind. Anscheinend war man damals noch ein bisschen davon entfernt jedes Kinkerlitzchen zu fotografieren, beziehungsweise, später dann, als die Filmkameras sich zum großen Renner entwickelten, zu filmen. Schade irgendwie, denn es ergaben sich zu dieser Zeit viele lohnende Motive. Überleg mal, die spontane, verrückte Italienfahrt, vier Mann hoch in einem froschgrünen 2CV, die Bergwanderungen mit stets ausgedehnter Hüttengaudi, die spektakulären Paddelbootfahrten, die Konzertbesuche, die Festivitäten, ständig war was los: Beziehungskisten, Herz/Schmerzgeschichten, Heckmeck, High life ...

Das zweite Foto, das ich von dir besitze, zeigt dich mit einem kleinen, blond gelocktem Mädchen auf dem Arm, etwa zwei Jahre alt, mit einem Hütchen auf dem Kopf. Es ist eine Kusine von dir, Judith. Merkwürdig ist, dass ich Judith kürzlich getroffen habe. Vor ungefähr 25 Jahren habe ich sie das letzte Mal gesehen, natürlich hätte ich sie nicht erkannt, meine Schwester klärte mich über deren Identität auf. Aus Judith ist eine hübsche, junge Frau geworden, gut gewachsen, schlank, sehr weiblich, und kein bisschen mehr blond. Sie ist selbst schon Mutter und ihre zwei- oder dreijährige

Kleine sieht genauso aus, wie sie in diesem Alter ausgesehen hat. Auf dem Foto stehst du mit Judith in einer Kuhweide, sie hält ihr Hütchen und drückt sich an dich, sie scheint sich vor den Rindviechern zu fürchten. Du trägst eine schwarze Sonnenbrille, so eine wie Oberbulle Miami Vice Don Johnson.

Das war auch immer etwas, was ich an dir bewunderte, du warst immer tough, was Kleidung oder Accessoires betraf. Keiner konnte diesen Krempel so tragen wie du. Ausschlaggebend war, glaube ich, die Natürlichkeit, mit der du diesen Fummel, vorzugsweise Sachen von Benetton, der damals noch etwas besonderes war, trugst. Du konntest das. Anderen schwillt immer der Kamm, wenn sie glauben gut angezogen zu sein. Sie wollen lässig und nonchalant wirken, und tun so, als wäre up to date gekleidet zu sein für sie etwas durch und durch normales, dabei wirken sie doch nur verkrampft, und irgendwie auch ein bisschen lächerlich. Du nicht, an dir wirkte Kleidung immer, als gehöre sie genau dahin und nirgendwo sonst.

Zu keiner einzigen Person aus unserer damaligen Clique habe ich noch Kontakt, hab sie alle aus den Augen verloren, und sie mich. Zwei, drei von ihnen würde ich unheimlich gerne wiedertreffen, plaudern, erfahren, wie es ihnen geht, was aus ihnen geworden ist, gewissermaßen die alten Zeiten aufarbeiten. Das ist ja jetzt groß in Mode, das Aufarbeiten. Weißt du, wir sollten quasi rund um die Uhr aufarbeiten. Radikale Aufarbeiter, zumeist noch jugendlich anmutend, setzen ihren ganzen Ehrgeiz darein, damit wir uns für Dinge schuldig fühlen, die zumeist lange vor unserer Geburt geschahen. Wie bequem, sich für Dinge in der Vergangenheit schuldig zu fühlen, dann verfängt die Gegenwart nicht! Was für widerliche, scheinheilige, kleine Heuchler.

Na ja, wie auch immer, ich hab noch das dritte Foto von dir. Es zeigt dich auf der Innenseite eines kleinen Folders. Wenn man den Folder aufblättert, hat er die Maße 14cm x 10cm.

Die Vorderseite des Folders, das Deckblatt, ziert eine Bleistiftzeichnung von dir, die du irgendwann in der ersten Hälfte des Jahres 1985 gemacht haben musst, die Zeichnung ist datiert, allerdings ohne Monatsangabe, und signiert. Ehrlich gesagt habe ich keine Ahnung, was die Zeichnung darstellt, es scheint sich um so eine Art Gewebe zu handeln, undurchsichtiges Gewebe, Fasern. Weshalb diese Zeichnung gerade für diesen Folder gewählt wurde, lässt nur Mutmaßungen zu, möglicherweise als Symbol für die Unergründlichkeit, das Mysterium des Lebens, deines Lebens? Blättert man den Folder auf, stößt man in der Innenseite auf ein Portraitfoto von dir, wie gesagt.

Das Innere eines Menschen, sein Wesen, manifestiert sich in seinem Äußeren, in seinem Antlitz. Ich bin mir nicht ganz sicher, ob man das so eins zu eins übernehmen kann, möglich ist es, vielleicht ist es aber auch kompletter Unsinn.

Die Aufnahme von dir in diesem Folder scheint mir allerdings Züge, besser gesagt Grundzüge, »Determinationen« von dir zum Vorschein zu bringen, die sich mit meiner Ansicht über dein Wesen decken (sich schon deckten, bevor ich überhaupt in den Besitz dieser Fotografie kam, wohlgemerkt!). Du blickst, den Kopf ganz leicht schräg nach rechts geneigt, ein bisschen von unten herauf in die Kamera. Deckt man Augen und Nase ab und betrachtet nur den vollen Mund, mit den fast unmerklich nach oben gezogenen Winkeln, so drängt sich der Eindruck einer Missbilligung, auch eines leisen Spotts, und durchaus auch Vorwurfs darin auf, so als wolltest du dem Fotografen signalisieren, dass er niemals fähig wäre dich so einzufangen, wie du wirklich bist – worin du dich allerdings täuschtest (meiner Meinung nach!). Die Nase tut nichts zur Sache, sie steht aber in befriedigendem Kontext zum übrigen Gesicht. Die Augen widersprechen dem Eindruck deiner unteren Partie nicht, auch in ihnen ein zarter Vorwurf, überlagert von Traurigkeit, fast Flehen. Vielleicht hättest du Hilfe gebraucht?

Aber das kann natürlich auch alles Unsinn sein, Bilder sind stimmungsabhängig, nicht? Sind gestellt, sind Momentaufnahmen eben, außerdem neigt man hinterher sowieso immer dazu, in Dinge etwas hinein zu vergeheimnissen, hinein zu interpretieren – aus Sensationslüsternheit vermutlich, um sich wichtig zu machen.

Auf die Innenseite dieses kleinen Folders hab ich in einer melodramatischen Stimmung ein paar Worte gekritzelt, ich weiß nicht mehr, ob sie mir selbst eingefallen sind, oder ob ich sie einmal irgendwo hörte, wie auch immer: Im Herzen deiner Freunde bist du ewig jung und lebst ewig.

Deine Schwester habe ich neulich getroffen. Sie bat mich damals, etwas auf der Gitarre zu spielen. Ich wählte ein klassisches Stück, von Francisco Tarrega, einem spanischen Großmeister der Gitarre aus dem 19. Jahrhundert, »Lágrima«.